L'Inceste,

SUIVI DE

LA BELLE MAURE,

Par Jules de Saint-Aure,

AUTEUR DE L'ORIGINE D'UN PEUPLE CÉLÈBRE,
DES INSÉPARABLES, ETC., ETC.

Tome quatrième.

PARIS.

TENRÉ, LIBRAIRE,
RUE DU PAON, N° 1;
CORBET, QUAI DES AUGUSTINS, N° 61.
1832.

L'INCESTE,

SUIVI

DE LA BELLE MAURE.

PARIS. — IMPRIMERIE DE CASIMIR,
rue de la Vieille-Monnaie, n° 12.

L'INCESTE,

SUIVI

DE LA BELLE MAURE.

PAR JULES DE SAINT-AURE,

AUTEUR DE L'ORIGINE D'UN PEUPLE CÉLÈBRE,
DES INSÉPARABLES, ETC., ETC.

Faites choix d'un censeur solide et salutaire,
Que la raison conduise et le savoir éclaire,
Et dont le crayon sûr d'abord aille chercher
L'endroit que l'on sent faible et qu'on veut se cacher.

TOME QUATRIÈME.

PARIS.

TENRÉ, LIBRAIRE,
RUE DU PAON, N° 1.

CORBET, QUAI DES AUGUSTINS, N° 61.

—

1832.

LA BELLE MAIRE.

CHAPITRE X.

L'humanité n'est que la première des vertus ; l justice est
la première des quatés. La vérité est l'éternelle cmpagne de
la justice ; c'est un mère tendre qui jamais ne s sépare de
sa fille.

Ozmin s'étant aperçu qu'Elvire
avait pris la fuite au bruit des coups
de mousquet qui avaien inter-

rompu leur conversation, et qui
pourtant n'avaient point été tirés
sur lui, il s'était promptement éloigné de la galerie pour gagner un
cabinet où il espérait vendre chè-
rement sa vie si l'on venait l'y attaquer. Mais un homme qui le suivait
de près l'obligea de s'arrêter avant
qu'il y arrivât, en lui disant : « Seigneur don Jaymé, vous avez besoin de secours, recevez le mien.
C'est vous qu'on cherche ; acceptez
donc sans retard mes services, si
vous ne voulez être assassiné par
une troupe de valets qui viendront
bientôt fondre sur vous. »

Le seigneur maure, aussi surpris
de s'entendre nommer don Jaymé

que de rencontrer un inconnu si obligeant, lui répondit : « Je ne sais qui vous êtes, et pourquoi vous vous intéressez à ce qui me regarde; mais qui que vous soyez, vousne pouvez être qu'un cavalier généreux. Je ne refuserai pas l'une de vos armes, n'ayant qu'un poignard pour me défendre : c'est toute l'assistance que je puis recevoir de vous, sans abuser de votre bonne volonté.

« Je serais au désespoir qu'un si brave homme exposât sa vie pour moi. — Non, non, répliqua l'inconnu; ne prétendez pas que je vous laisse périr sans vous prêter mon secours. J'ai deux bons pistolets, prenez-en un, et souffrez que je

combatte à vos côtés; ou si vous
souhaitez que je me retire, il faut
que vous veniez avec moi. — Je
crois, dit Ozmin, que ce dernier
parti serait le plus sage : c'est faire
un mauvais usage de sa valeur que
de l'employer contre de la canaille.
Mais comment sortir de ce jardin?
— J'en sais le moyen, répondit
l'inconnu, vous n'avez qu'à me suivre. »

En même temps ces deux cavaliers commencèrent à courir juste-
ment vers l'endroit où l'on avait réparé le mur, contre lequel était
dressée une bonne et longue échelle;
il y eut alors entre eux une petite
contestation, chacun ne voulut

monter que le dernier. Après quelques complimens d'usage que deux
hommes aussi courageux ne pouvaient manquer de se faire, il fallut
qu'Ozmin passât le premier pour
couronner le procédé noble de son
compagnon. Ils eurent le temps de
monter sans être aperçus, attendu
que les domestiques de don Louis
avaient pris un chemin opposé à l'endroit où ils étaient; et ils retirèrent
l'échelle pour empêcher ce seigneur
de reconnaître par où le faux Ambrosio lui était échappé. Il y avait
encore une échelle de l'autre côté
de la muraille pour descendre dans
la rue, où cinq à six grands laquais
bien armés faisaient la ronde, et se

tenaient prêts à entrer dans le jardin au premier signal.

Ozmin jugeant par là qu'il n'avait
pas obligation à un homme du commun, et désirant savoir à qui il
avait affaire, pria l'inconnu de lui
apprendre qui il était. « C'est ce
que je vous dirai chez moi, répon-
dit-il; comme vous êtes étran-
ger dans ce pays, vous ne connais-
sez pas encore don Louis, et vous
ne sauriez trop vous précautionner
contre ce vieux seigneur. Je vous
offre ma maison; vous serez à l'abri
de tout ressentiment, et vous y de-
meurerez, s'il vous plaît, jusqu'à
ce que nous ayons vu le parti que
les Padilla prendront contre vous. »

Des manières si nobles et si généreuses charmèrent le seigneur maure, qui, ne pouvant résister aux pressantes instances de l'inconnu, accepta et vint loger dans sa maison.

Lorsqu'ils se virent l'un et l'autre aux flambeaux, ils se regardèrent avec une attention mêlée de surprise, comme deux personnes qui croyaient se connaître. Le maître du logis fut le premier qui débrouilla l'idée confuse qu'il avait des traits d'Ozmin ; et quand il fut assuré qu'il ne se méprenait pas, il l'embrassa avec transport, en lui disant : « Quel bonheur pour moi de rencontrer un homme à qui je dois la vie ! je ne me trompe point :

c'est vous qui m'avez sauvé de la fureur d'un taureau le jour des dernières courses.

« — Seigneur, lui répondit le Maure en souriant d'un air modeste, vous venez de bien payer ce service en me tirant d'un danger où j'aurais infailliblement succombé sans vos généreux secours. — Non, non, reprit don Alonze de Zuniga; je suis en reste de générosité avec vous : dans le temps que vous vîntes me dérober à une mort certaine, je ne vous avais pas donné sujet d'exposer vos jours pour conserver les miens. »

Ils passèrent le reste de la nuit à boire et à causer. Don Alonze, qui s'imaginait qu'Ozmin s'appelait effectivement don Jaymé Vivès, et qu'il était amoureux de dona Elvire, lui conta de quelle façon il avait appris toutes ses amours. « Cela m'a donné envie, ajouta-t-il, de faire connaissance avec vous; et pour commencer, je suis entré cette nuit dans le jardin de don Louis. De plus, comme j'aime Daraxa, l'intime amie de votre maîtresse, j'ai pensé que notre liaison deviendrait utile à tous deux. »

Quoique le seigneur maure eût de la répugnance à cacher ses sentimens, il ne voulut point détromper Zuniga : il crut qu'il était de la prudence de passer pour don Jaymé. Après un long entretien, don

Alonze conduisit son hôte à l'appartement qu'il lui avait fait préparer, l'y laissa reposer, et se retira dans le sien pour en faire autant. Mais Ozmin, ne pouvant dormir, attendait le jour avec impatience pour envoyer chercher Orviédo. Il raconta à ce fidèle écuyer son aventure de la dernière nuit, et lui ordonna de lui apporter des habits plus propres que ceux du jardinier Ambrosio.

Don Alonze et le cavalier devinrent en peu de temps les meilleurs amis du monde, tant il se trouva de sympathie entre eux, ou, pour mieux dire, tant ils découvrirent l'un dans l'autre d'aimables qualités; ils souhaitaient tous deux ardemment d'être informés de ce qui se passait chez le marquis de Padilla, et c'est ce qu'ils ne pouvaient apprendre que de Clarice, dont ils ne recevaient aucunes nouvelles.

Cette suivante, étant connue de don Louis pour avoir toute la confiance de dona Elvire, était plus observée que les autres. Cependant elle eut l'adresse de tromper ses Argus, et de faire tenir à don Jaymé, chez don Alonze, une lettre qui contenait des détails tels que ces deux seigneurs pouvaient les désirer.

Clarice écrivait à Vivès que le vieux patron était au désespoir que le faux Ambrosio lui fût échappé, et qu'il le faisait chercher soigneusement dans Séville par des alguazils, qui jusqu'alors n'avaient rien découvert; de plus, qu'Elvire était bien malade, et que Daraxa était encore indisposée du chagrin qu'elle avait pris lors de sa fuite de la maison ; enfin, que don Louis était si honteux de cette catastrophe, qu'il ne voulait voir personne, et qu'il devait très-incessamment aller demeurer à la campagne, jusqu'à ce que tous les bruits qui couraient à sa honte fussent dissipés.

La lettre de Clarice fut un nouveau sujet d'entretien pour les deux

raliers *s s ,s ,s , et divertit particulière-
nt dolooooon Alonze, qui n'aimait pas
maisoooooon de Padilla.

Ozmininn n n ayant une si belle occasion
donnoooeoeier de ses nouvelles à sa maî-
ssc , é éécééécrivit en langue maure une
ngue l l le lettre qu'il lui fit tenir par
arice. :. . :. . Daraxa, qui ne savait ce
l'était it t t devenu son amant, et qui
aignaiaiititit qu'il n'eût été blessé la
ait quiquù'ù'ù'on avait tiré tant de coups
ᵉ mouuuususisquet, fut ravie d'appren-
re le ᵉ :sᵉ sᵉ sort d'une personne qui lui
tait si ci ci ci chère, et de pouvoir lui faire
éponseseseᵉ seᵉ par la même voie.

Queleldqlqques jours après, le vieux
narquiuiniais partit avec sa famille et ses
loinestststistitiques, pour se rendre à une

maison de campagne qu'il avait à une lieue de Séville. Ce départ affligea le seigneur maure, à cause de l'éloignement de Clarice, dont l'entremise lui était d'un si grand secours. « Rassurez-vous, mon cher ami, lui dit don Alonze; à un quart de lieue de la maison de don Louis, j'ai une assez belle propriété où je vais quelquefois; il faut nous y rendre le plus secrètement qu'il nous sera possible : nous aurons là, plus facilement que dans cette ville, des nouvelles de nos dames; nous pourrons même trouver l'occasion de les voir et de leur parler. »

~~~~~~

CHAPITRE XVI.

Il y a des gens qui ne peuvent pas supposer dans les autres les qualités qui leur manquent.

Méfiez-vous des méfians, c'est-à-dire de ceux qui, l'étant pour tout le monde, ne peuvent croire à la vertu de personne.

O:O:Ozmin fut enchanté d'apprendre cettettte nouvelle; don Alonze ordonna de f: f: faire ses malles, et le lendemain,

avant le jour, ils sortirent de Séville
avec Orviédo et deux grands laquais
seulement. Sitôt qu'ils furent arrivés à la maison de campagne de
don Alonze, ce jeune seigneur chargea un paysan rusé de remettre à
Clarice, à elle-même, un billet par
lequel elle était avertie que le jour
suivant elle rencontrerait dans le
petit bois, qui n'était qu'à deux
cents pas de la maison du marquis,
deux jeunes bergers qui mouraient
d'envie d'avoir avec elle un entretien.

Clarice, qu'on observait moins à
la campagne qu'à la ville, sut bientôt se dérober du logis pour courir
au rendez-vous. Elle y trouva don

Alonze et don Jaymé habillés en villageois. Elle leur apprit que ces dames étaient maintenant en bonne santé, mais si gênées, qu'elles avaient à peine la liberté de se promener dans le jardin : « Cependant, ajouta-t-elle, si le seigneur don Louis allait demain, comme je n'en doute pas, à une ferme qu'il a à trois lieues d'ici, et où l'appelle une affaire d'intérêt, je pourrais bien vous ménager une entrevue avec elles ; aussi bien don Rodrigue vient tout à l'heure de partir pour Séville, il ne doit revenir que dans deux jours. »

Les cavaliers furent charmés des douces espérances dont Clarice les

flattait. Elle-même ne fut pas moins
contente des présens que lui firent
ces jeunes seigneurs pour reconnaître sa bonne volonté. Clarice
prit congé d'eux, regagna promptement la maison de son maître, et
alla rendre compte à ses deux maî-
tresses de l'entretien qu'elle venait
d'avoir avec Ozmin et don Alonze.

Le lendemain matin tout parut
seconder les désirs des deux amans :
le marquis partit pour sa ferme, et
ces dames se disposèrent à profiter
d'une occasion si favorable. Elles
s'habillèrent en paysannes, pour se
conformer au déguisement de leurs
amans ; puis elles sortirent de la
maison suivies de Clarice et de Laïda

seulement. Elles arrivèrent bientôt
dans le bois où les bergers les attendaient; réunis tous les quatre, ils se
promenèrent et commencèrent de
part et d'autre par laisser éclater
une grande joie de se revoir; ensuite, se regardant les uns les autres, travestis comme ils l'étaient,
ils se mirent à rire et à plaisanter.

Ils eurent d'abord une conversation générale, et d'autant plus
agréable que ces dames étaient avec
ce qu'elles aimaient. A peine enfon-
cés dans les allées, ils virent entre
les arbres deux véritables paysans
armés d'un bâton qui venaient de
leur côté. Ils jugèrent que c'étaient
des habitans d'un bourg voisin dont

le marquis était le seigneur. Comme les allées étaient très-étroites, les villageois furent obligés de passer entre ces dames, qui leur tournè- rent le dos, afin qu'ils ne vissent point leurs visages; don Alonze et Ozmin en firent autant.

Les paysans, au lieu de continuer leur chemin, s'arrêtèrent tout court, et l'un d'entre eux appliqua sur les bras et sur la tête de don Alonze un si fort coup de bâton, que ce cavalier en fut tout étourdi. Ozmin, au bruit du coup, se re- tourna aussitôt, et reçut en même temps de l'autre villageois un pa- reil traitement, avec cette diffé- rence, que le Maure, par son agilité, détourna le coup qu'on lui voulait porter sur la tête, et le fit glisser sur ses reins : alors ce vigoureux Maure, levant un gros bâton qu'il avait à la main, le laissa tomber d'une si grande raideur sur le visage de son ennemi, qu'il lui abattit la moitié de la mâchoire et le coucha à terre sans mouvement; puis il vola au secours de son ami, qui avait bon besoin de son assistance, tant il était maltraité par son adversaire. Mais le paysan se garda bien d'attendre un homme qui venait de faire mordre la poussière à son camarade; il s'enfuit vers le bourg, et ne manqua pas d'y porter l'alarme en y semant la nouvelle de la mort de ce villageois, qui pourtant n'était que blessé.

Pendant ce combat, les dames effrayées prirent très-prudemment la fuite et retournèrent à la maison de don Louis ; elles étaient fort en peine de savoir quelle serait la fin de cette catastrophe ; leur inquiétude n'était pas mal fondée, car nos jeunes seigneurs, qui auraient bien fait de se retirer chez eux au plus vite, demeurèrent si long-temps sur le champ de bataille à se consulter sur ce qu'ils devaient faire, qu'ils donnèrent le temps à trois braves du bourg de venir fondre sur eux l'épée à la main.

Un de ces villageois marchait le

premier, et paraissait le plus robuste
des trois, comme le plus animé. Il
s'avance d'un air furieux vers Ozmin
pour lui passer sa rapière au travers
du corps ; mais le Maure esquiva le
coup adroitement, et frappa le villageois d'un coup de bâton si rudement
sur la tête, qu'il l'étendit sans vie sur
la place : puis, s'étant brusquement
saisi de l'épée dont son ennemi avait
fait un si mauvais usage, il se dis-
posa à recevoir les deux autres, qui
eurent assez de courage pour se
présenter devant lui. Ce nouveau
combat fut un peu plus long que
les précédens, attendu qu'Ozmin,
étant assailli par deux hommes à la
fois, avait assez d'occupation à parer

les bottes que l'un et l'autre lui por-
taient. Ils blessèrent Ozmin légèrement à la main. Il est vrai que, de leur
côté, ils étaient tous deux fort em-
barrassés de répondre à don Alonze,
qui leur allongeait de temps à autre
de forts coups de bâton ; il en donna
un si terrible sur le bras droit d'un
de ces spadassins, qu'il lui fit voler
son épée à vingt pas ; ce qui rendit
nos cavaliers victorieux. Leurs ennemis abandonnèrent la partie, et
tout blessés qu'ils étaient, ils s'en-
fuirent à toutes jambes vers le bourg.

Les vainqueurs ne furent pas contens de les avoir si maltraités ; ils
eurent l'imprudence de les poursuivre jusqu'à l'entrée du village, où

ils trouvèrent à qui parler. Tous les habitans ayant su qu'on avait tué un paysan dans le bois, s'étaient armés de longs bâtons ferrés et de vieilles épées pour venger sa mort.

Leur fureur augmenta lorsqu'ils apprirent d'eux que le fils du bailli venait d'avoir le même sort que le villageois. Bientôt ils arrivèrent en foule au devant des meurtriers, qu'ils environnent et chargent de toutes parts. Ozmin, sans s'effrayer, soutient leur furie; plus il se voit d'ennemis sur les bras, moins sa valeur en est abattue. Il frappe à droite et à gauche; il renverse tout ce qui lui résiste, et modère un peu l'ardeur des plus échauffés. Don Alonze, quoique blessé, faisait à son exemple de vigoureux exploits avec l'épée du paysan qu'il avait tué. Néanmoins cela ne l'empêcha point d'être pris, et bientôt après, son ami, à qui l'on jetait sans cesse de longs bâtons entre les jambes pour le faire tomber, ayant eu le malheur de faire la culbute, il fut accablé par la multitude.

Je vous laisse à penser si, dans la rage où était cette canaille, elle aurait épargné ces deux cavaliers infortunés, les voyant à sa merci. Mais il passa par hasard deux gentilshommes à cheval, qui allaient à Séville; ils étaient accompagnés de quatre laquais, qui, voulant savoir la cause

de cette émeute populaire, fendi-
rent la foule l'épée à la main, et
arrivèrent jusqu'aux deux prisonniers. Ils reconnurent don Alonze,
malgré le sang dont il avait le visage couvert et malgré son déguisement. Ils l'arrachèrent, non sans
peine, des mains des paysans, et
obligèrent ces misérables à cesser
leurs outrages envers Ozmin, auquel ils en voulaient particulière-
ment.

Cependant Zuniga refusait d'accompagner ses libérateurs, disant
qu'il aimait mieux demeurer avec
son ami que de l'abandonner. Les
deux gentilshommes lui représentè-
rent qu'il était impossible alors d'en-

lever ce cavalier, que le bailli tenait
enfermé chez lui, gardé par tous les
habitans du bourg, et qu'il était
plus à propos d'assembler tout ce
qu'ils pourraient trouver de gens
de bonne volonté, et de revenir
avec eux la nuit pour le tirer de
prison.

Don Alonze approuva cet avis, et
s'assura en fort peu de temps de qua-
rante personnes, tant maîtres que
valets. Un si hardi projet aurait été
sans doute exécuté, si le bailli ne
l'eût pas prévu; mais ce juge, qui
était un vieux routier, se doutant bien
de cette violence, eut promptement
recours à la justice de Séville, qui
lui envoya un si grand nombre d'ar-

chers et autres hommes armés, qu'il n'eut plus rien à craindre pour son prisonnier.

~~~~~~

CHAPITRE XVII.

La calomnie est plus horrible que l'assassinat ; l'assassin n'en veut qu'à votre vie, le calomniateur en veut à votre honneur : on peut se défendre contre l'un , mais jamais contre l'autre.

Les dames n'étaient pas assez éloignées du lieu du combat pour en pouvoir ignorer long-temps les cir-

constances et les événemens ; elles
en furent informées par les domestiques du marquis, dont la plupart
avaient été par curiosité au bourg,
où ils avaient appris tout ce qui s'y
était passé. Dona Elvire en chargea
un d'aller dire au bailli de prendre
garde à ce qu'il allait faire ; car plus
tard il pourrait se repentir des mauvais traitemens qu'il ferait endurer
au cavalier qu'il retenait chez lui.
Cette recommandation ne fut pas
inutile ; le bailli eut plus d'égard
pour Ozmin, à qui l'on donna, de la
part des dames, tout ce qui lui était
nécessaire pour panser deux légères
blessures qu'il avait reçues dans le
bois.

Le vieux juge obéissait à regret
aux ordres de dona Elvire; car son
dessein était de venger la mort de
son fils; mais en récompense, le
soir même, il eut la consolation
d'apprendre que le marquis entrait
dans son ressentiment. En effet, don
Louis, en revenant de sa ferme sur
la fin du jour, passa par le bourg,
où la plupart des habitans étaient
encore sous les armes. Il demanda
pourquoi ils s'étaient ainsi assemblés. On lui fit un détail de l'aventure qui était arrivée; et, comme il
désirait en savoir toutes les particu-
larités, un des plus notables du
bourg prit la parole, et lui dit:

« Tout ce malheur ne vient que

d'une méprise du fils de notre bailli.
Ce jeune garçon était amoureux de
la fille de votre concierge, et avait
pour rival le fils d'un gros fermier des environs. Le fils du bailli
était fort débauché de son naturel,
et, de plus, très-violent : s'étant
aperçu qu'on lui préférait un jeune
homme plus sage et plus riche que lui,
il envoya menacer son rival qu'il le
ferait mourir sous le bâton, s'il s'avi-
sait de paraître auprès de sa maîtresse
et de chercher l'occasion de lui
parler un seul instant. Il le faisait
observer, et sur l'avis qu'on lui avait
donné ce matin que deux hommes,
qui n'avaient point l'air villageois,
bien qu'ils fussent habillés en paysans,

s'étaient introduits dans le bois à la
dérobée, il ne douta pas que ce ne
fût le fils du fermier, avec un garçon de sa connaissance dont il a
coutume de se faire accompagner
quand il vient voir la fille de votre
concierge. Ainsi donc, si ces deux
hommes ne s'étaient pas travestis de
cette manière, ils auraient évité les
coups de bâton, il n'y aurait pas eu
d'erreur. En deux mots, voilà l'his-
toire, monseigneur! »

Ce récit fit connaître au marquis
de Padilla que le fils du bailli avait
tous les torts, et que ses meurtriers
ne l'avaient tué qu'à leur corps dé-
fendant; mais lorsque le même no-
table qui venait de parler lui apprit

que ces deux cavaliers étaient don
Alonze de Zuniga et le faux Ambrosio, et que le bailli tenait celui-ci en
sa puissance, il regarda cette aventure comme un moyen que le ciel
lui offrait de se venger du séducteur
de sa fille. Il fit appeler le bailli pour
l'exciter à poursuivre chaudement
cette affaire. Il l'assura de sa protec-
tion, de son crédit et de sa bourse.
Il lui conseilla d'aller le lendemain
à Séville supplier les hommes de
justice avec tous les parens des morts
et des blessés; ce que le bailli réso-
lut de faire.

Effectivement, il conduisit à la
ville son prisonnier, escorté des ar-
chers et des paysans les plus résolus.

du bourg. Quand le peuple de Séville le vit arriver, et qu'il sut de
quoi il s'agissait, il s'échauffa, et
l'on eut beaucoup de peine à sauver
de sa fureur le malheureux Ozmin,
dont il demandait à haute voix la
mort. Don Louis retourna le même
jour à la ville, où il croyait sa présence nécessaire pour engager les
juges à condamner un homme dont
il avait juré la perte.

D'un autre côté, don Alonze se
trouvait si mal de ses blessures qu'à
peine pouvait-il se tenir à cheval,
outre qu'il n'avait pas encore assez
de monde pour entreprendre par la
force de délivrer son ami. Ainsi,
réduit à solliciter pour lui, il allait

supplier chaque juge de considérer qu'on ne pouvait, sans injustice, ôter la vie à un homme qui n'avait fait que se défendre contre des assassins. Mais tous les juges lui disaient qu'il devait se contenter qu'ils fussent aveugles et sourds à son égard, que le sang qui avait été répandu demandait justice; et que, s'il était lui-même à la place du prisonnier, ils ne pourraient le tirer d'affaire. La mort d'Ozmin paraissait donc inévitable et prochaine; cependant, malgré toutes les mesures que don Louis pouvait prendre pour la hâter, elle fut suspendue par un incident auquel ce seigneur ne s'était nullement attendu.

Il reçut un courrier que la reine lui dépêcha. Cette princesse lui annonçait la prise de la ville de Grenade, et lui ordonnait de partir de suite avec Daraxa; que le père de cette dame désirait vivement revoir sa fille; que ce seigneur maure était dans l'intention de se faire chrétien, et qu'on espérait que Daraxa se déterminerait à suivre l'exemple de son père.

Il y avait aussi un billet pour Daraxa; mais le marquis se garda bien de le lui remettre. Il ne jugea pas à propos non plus de lui parler des nouvelles que le sien contenait, de peur qu'impatiente de retourner auprès de ses parens, elle ne l'obligeât à partir le lendemain pour Grenade; il voulait auparavant voir finir le procès du jeune grenadin par une sentence de mort, et assister même à l'exécution avant son départ.

Il redoubla ses efforts et ses sollicitations, ou plutôt il obséda si bien les juges, qu'ils condamnèrent Ozmin à avoir la tête tranchée sous le nom de don Jaymé, gentilhomme aragonais.

On reconduisit Ozmin en prison; mais quelle fut sa surprise d'y trouver un compagnon d'infortune ! c'était un vieux médecin juif, accusé de sortilège. Ozmin lui ayant témoigné le désir de connaître l'origine des lois et les peines de l'inquisition , le pauvre vieillard lui répondit qu'il allait satisfaire sa curiosité.

CHAPITRE XVIII.

Comment la société pourra-
t-elle jamais se régulariser tant
que les plus grands crimes y ger-
meront sans cesse , tant qu'il n'y
aura point d'échafauds pour le
calomniateur et le violateur de
la confiance?

« PARTOUT où le souffle mortifère
du saint-office se fait sentir, partout où ce tribunal de sang est éta-

4.   2.

bli, les villes les plus populeuses des Espagnes deviendront bientôt veuves de leurs industrieux habitans ; elles ne renfermeront plus dans leurs murs que des délateurs et des victimes, des geoliers et des bourreaux, et le sol le plus productif sera frappé d'une longue stérilité.

« En établissant l'inquisition, les papes ne s'étaient d'abord proposé que de faire rechercher et punir le crime d'hérésie; mais, pour parvenir à la découverte des véritables hérétiques, il fut recommandé aux inquisiteurs de poursuivre avec soin les chrétiens qui, par leurs actions ou leurs paroles, annonçaient de mauvais sentimens et des

opinions erronées sur les dogmes
de l'Église, ce qui suffit pour les
rendre suspects d'hérésie, et pour
motiver une enquête qui donne lieu
presque toujours à des délations.

« Quoique la connaissance des
crimes qui n'ont aucun rapport avec
la croyance appartienne de droit aux
juges ordinaires, il y a néanmoins
plusieurs espèces de délits dont les
papes croient qu'on ne peut se rendre
coupable sans être imbu d'une mauvaise doctrine. En conséquence, il
est enjoint aux inquisiteurs de considérer comme suspects d'hérésie :

« 1° Ceux qui, par une espèce de
blasphême, connus sous le nom
d'*hérétiques*, annoncent des prin-

cipes erronés sur la toute-puissance
de Dieu , ou sur quelque autre attri-
but de la Divinité. Ces blasphêmes
donnent lieu au soupçon d'hérésie
alors même qu'ils sont proférés
dans l'emportement ou dans l'i-
vresse, parce que les inquisiteurs
peuvent les regarder comme une
preuve que les sentimens habituels
de ces blasphémateurs sont contraires à la foi.

« 2° Ceux qui s'adonnent au sor-
tilége et à l'art de deviner, lorsque,
parmi les moyens qu'ils emploient,
ils se servent d'eau bénite , d'hosties
consacrées, d'huiles saintes ou d'autres choses qui prouvent le mépris ou
l'abus des sacremens , des mystères

de la religion ou de ses cérémonies. Cette catégorie comprend aussi ceux qui s'adressent aux démons dans leurs pratiques superstitieuses pour parvenir à la connaissance des événemens futurs. Ces sortes de crimes étant très-communs dans le moyen âge, il est important pour la politique de la cour de Rome de les soumettre à sa juridiction.

« 3° Ceux qui invoquent les démons pour en obtenir des faveurs. Ce crime est devenu commun dans ce pays, et il paraît certain qu'un grand nombre de personnes, auxquelles on fait leur procès, rendent à Satan, qu'ils honorent comme une divinité ennemie de Dieu et revêtue d'une puissance au moins égale à la sienne, un culte de latrie avec toutes les cérémonies qu'emploient les catholiques.

« — Il existe, reprit Ozmin, un livre intitulé *la Clavicule de Salomon*, sur lequel on jure lorsqu'on veut s'engager à quelque chose par serment, comme les chrétiens jurent sur l'Évangile.

« — 4° Ceux qui restent plus d'un an excommuniés sans solliciter l'absolution, ni satisfaire à la pénitence qui leur a été imposée; ce qui est considéré comme un grand mépris de la censure ecclésiastique.

« 5° Les schismatiques qui admettent tous les articles de la foi,

mais qui nient le devoir d'obéis-
sance à l'égard de l'évêque de Rome,
comme chef visible de l'Église catholique et vicaire de Jésus-Christ
sur la terre ; et ceux qui, en pen-
sant de même, refusent de croire à
quelqu'un des articles définis, comme, par exemple, les Grecs, qui ne
croient point que le Saint-Esprit pro-
cède du fils, mais seulement du père.

« 6° Les recéleurs, fauteurs et
adhérens des hérétiques, comme
offensant l'Église catholique et fo-
mentant les hérésies.

« 7° Ceux qui s'opposent à l'inquisition ou qui empêchent les inquisiteurs d'exercer leur ministère,
attendu que l'on ne peut être bon

catholique si l'on met obstacle aux poursuites des inquisiteurs.

« 8° Tous les seigneurs qui, après avoir été sommés par les officiers de l'inquisition de promettre, avec serment, de chasser les hérétiques de leurs domaines, refusent de le faire.

« 9° Tous les gouverneurs des royaumes, des provinces et des villes qui ne prendront pas la défense de l'Église contre les hérétiques, lorsqu'ils en seront requis par les inquisiteurs.

« 10° Ceux qui ne consentiront pas à révoquer les statuts et réglemens en vigueur dans les villes, lorsqu'ils seront contraires aux mesures ordonnées par les inquisiteurs.

« 11° Les avocats, les notaires et les autres gens de loi qui favoriseront les hérétiques, en les aidant de leurs conseils pour échapper aux mains des inquisiteurs, et en cachant des papiers propres à faire découvrir des hérésies.

« 12° Toutes les personnes qui auraient donné la sépulture ecclésiastique aux hérétiques reconnus pour tels d'après leur propre aveu, ou en vertu d'une sentence définitive.

« 13° Ceux qui, dans les procès pour cause de doctrine, refusent de jurer sur quelque point, lorsqu'ils en sont requis.

« 14° Les morts qui ont été dé-

4.   3

noncés comme hérétiques : leur mémoire doit être flétrie, leurs cadavres exhumés et brûlés, et leurs
biens confisqués.

« 15° Les Juifs et les Maures, lorsque, par leurs écrits ou par leurs
paroles, ils engagent les catholiques
à embrasser leur secte, sont soumis
au saint-office.

« 16° Tous ceux enfin qui, n'é-
tant pas compris dans les classes
précédentes, ont néanmoins mérité
la même qualification, soit par leurs
actions, soit par leurs discours ou
leurs écrits.

« Le même soupçon d'hérésie
tombe aussi sur les écrits qui ren-
ferment une doctrine hérétique, ou

qui peuvent y conduire. Leurs auteurs deviennent suspects.

« Il y a trois sortes de suspects
d'hérésie : ceux qui sont gravement
et violemment soupçonnés sont désignés sous le nom de *Vehementi*, et
ceux qui ne le sont que légèrement
sous celui de *Levi*.

« Quoique la règle générale sou-
mette à la juridiction des inquisiteurs
toutes les personnes coupables des
délits compris dans les catégories qui
précèdent, il y a cependant une exception pour les papes, leurs légats
et leurs nonces , leurs officiers et
leurs *familiers*, de manière que , lors
même qu'ils sont dénoncés comme
hérétiques formels , l'inquisiteur n'a

d'autre droit que celui de recevoir l'instruction secrète et de l'envoyer ensuite au pape. La même exception a lieu pour les évêques; mais les rois et les princes restent soumis à la juridiction des inquisiteurs.

« — Quelle horreur! s'écria Oz-min... mais continuez, je brûle de connaître les infâmes doctrines de ce tribunal de sang.

« — Voici, reprit le médecin, la manière de procéder dans les tribunaux de l'inquisition.

« Aussitôt qu'un moine a été nommé inquisiteur, il en prévient le roi, qui enjoint à l'instant à tous les tribunaux des villes dans les-quelles cet inquisiteur doit exercer son ministère, de lui fournir tous les secours dont il pourra avoir besoin ; de faire arrêter toutes les personnes qu'il désignera comme hérétiques ou suspectes d'hérésie ; de leur faire subir les peines que l'inquisition leur aura infligées ; de ne point souffrir qu'il soit fait la moindre insulte à l'inquisiteur et à ses familiers ; et enfin de leur fournir un logement, ainsi que toutes les commodités né-cessaires pour le voyage.

« Les inquisiteurs ne reçoivent aucun salaire fixe ; ceux qui exercent ces fonctions sont des religieux qui ont fait vœu de pauvreté, et les prêtres qui se trouvent quelquefois associés à leurs travaux, sont des

ecclésiastiques pourvus de bénéfi-
ces; mais cet état de choses dut né-
cessairement changer dès l'instant
où les inquisiteurs se mirent à voya-
ger, accompagnés de greffiers, d'alguazils et d'une force armée, et leurs
dépenses sont mises par le pape à
la charge des évêques, sous prétexte que les inquisiteurs travail-
lent à la destruction des hérésies
dans leurs diocèses.

« Les évêques se sont récriés contre cette mesure si onéreuse pour
eux; on la fait peser sur les seigneurs, en se fondant sur l'obligation où ils sont de ne souffrir aucun
hérétique dans leurs domaines. Enfin, le temps est arrivé où l'on

pourvoit aux frais de l'inquisition, soit avec la vente, soit avec les revenus des biens confisqués, soit aussi avec le produit des amendes qu'on impose dans le cas où la confiscation n'est pas décrétée.

« Lorsque l'inquisiteur est arrivé dans la ville où il se propose d'entrer en fonctions, qui est ordinairement le siége de l'évêché, il en informe officiellement le magistrat, et l'invite à se rendre auprès de lui aux jour et heure qu'il lui indique. Le commandant de la ville se présente chez l'inquisiteur, et prête serment entre ses mains de faire exécuter toutes les lois contre les hérétiques, et de fournir tous les

moyens pour les découvrir et les
arrêter. L'inquisiteur a le droit
d'excommunier et de suspendre de
ses fonctions tout officier du prince
qui aurait osé lui désobéir ; il peut
même jeter l'interdit sur la ville
entière. Si, au contraire, le gouverneur et le magistrat ne font au-
cune difficulté d'exécuter les ordres
de l'inquisiteur, celui-ci désigne
un jour de fête où il doit prêcher
pour annoncer aux habitans l'obligation qui lui est imposée de dé-
noncer les hérétiques, et pour déclarer, en même temps, que les
personnes coupables d'hérésie, qui
s'accuseront elles-mêmes avant leur
mise en jugement, n'auront à subir

qu'une légère pénitence canonique,
tandis qu'elles seraient poursuivies
avec la plus grande rigueur si elles
attendaient qu'on les eût dénoncées
après le délai qui leur est accordé.
Ce délai est ordinairement d'un
mois.

« Si, pendant l'intervalle, des
dénonciations ont lieu, elles sont
enregistrées, mais elles n'ont aucun
effet jusqu'a ce que l'on ait vu si
les dénoncés se présenteront de leur
propre volonté.

« Après l'expiration du terme accordé, le dénonciateur est mandé;
on lui annonce qu'il y a trois manières de procéder pour découvrir
la vérité : l'accusation, la dénoncia-

tion et l'inquisition ; on lui laisse le
choix. S'il indique la première , on
l'invite à accuser le dénoncé ; mais
on l'avertit qu'il subira la peine du
talion s'il est reconnu pour calomniateur. Cette voie n'est ordinairement employée que par le téméraire
qui croit pouvoir perdre impunément son ennemi. La plupart décla-
rent que le seul motif qui les porte à
faire des dénonciations est la crainte
d'encourir les peines prononcées
par les lois contre ceux qui ne
défèrent pas les hérétiques au saint-
office ; ils se bornent alors à indiquer les personnes qu'ils croient
en état de pouvoir déposer contre
le dénoncé. D'autres font connaître

seulement l'impression qu'a faite sur leur esprit une certaine rumeur publique, qui semble rendre l'accusé suspect. Dans ce dernier cas, il est procédé d'office contre le prévenu.

« L'interrogation des témoins est faite par l'inquisiteur, assisté du greffier et de deux prêtres.

« Lorsque le crime ou le soupçon d'hérésie est prouvé dans l'instruction préparatoire, les inquisiteurs décernent la prise de corps contre l'accusé. Dès cet instant, il n'y a plus ni priviléges ni asile pour lui, quel que soit son rang : on l'arrête au milieu de sa famille, de ses amis, sans que personne ose opposer la

moindre résistance. Du moment
qu'il est entre les mains de l'inquisition, il n'est plus permis à personne de communiquer avec lui; il
se trouve tout à coup abandonné de
tout le monde et privé de toute
espèce de consolation. Malheur à
l'âme sensible qui a osé avoir quelque compassion pour les victimes
du saint-office!... On plonge l'accusé dans un affreux cachot jusqu'à
ce qu'il plaise aux inquisiteurs de
l'interroger.

« En attendant, les officiers de
l'inquisition se transportent au do-
micile de l'accusé, y dressent un
inventaire de tout ce qui s'y trouve,
et procèdent à la saisie de ses biens

quelconques. Ses créanciers perdent leurs créances; son épouse, ses enfans restent dans l'abandon le plus déplorable; et l'on voit souvent des femmes et des filles vertueuses et bien élevées, réduites à l'horrible nécessité de se prostituer, tant à cause de la misère où elles se trouvent, que par l'effet du mépris auquel les expose le malheur d'appartenir à un homme poursuivi par le saint-office.

« Après qu'un accusé a passé plusieurs jours et quelquefois plusieurs mois dans les cachots, les inquisiteurs lui font insinuer par le geolier qu'il ait à demander audience; car c'est une maxime constante de ce tribunal d'exiger que l'accusé soit toujours demandeur. Le prisonnier étant arrivé devant ses juges pour la première fois, ils le questionnent comme s'ils ne le connaissaient pas, et l'engagent, par les moyens les plus astucieux, à avouer son crime. Si l'accusé se déclare coupable d'une hérésie, et qu'il demande à en faire l'abjuration, l'inquisiteur consent à le réconcilier, pourvu qu'il ne soit point *relaps*, c'est-à-dire dans le cas de la récidive, ce qui entraîne toujours la peine capitale, car l'inquisition ne pardonne jamais deux fois. On renvoie en prison l'accusé destiné à être réconcilié, on l'y laisse jusqu'au prochain *auto-da-fé* ;

et après l'y avoir fait figurer et lui
avoir imposé des pénitences canoniques, on lui rend la liberté. J'ai vu
souvent des prisonniers, à qui leur
conscience ne reprochait rien, s'accuser de quelque délit, plutôt que
d'être torturés ou de mourir dans
les prisons.

« Lorsque le crime imputé à l'accusé n'est pas constant, et qu'il ne
se charge pas lui-même dans les
interrogatoires, les inquisiteurs l'ac-
quittent, à condition qu'il fera abjuration formelle de toutes les hérésies
et qu'il se purgera, par la voie canonique, du soupçon qui avait plané
sur lui : il reçoit ensuite l'absolution
comme ayant été suspect d'hérésie.

« Si le résultat le plus ordinaire de l'immense quantité de procès in- tentés par l'inquisition n'établit pas la preuve constante que l'accusé était hérétique, il démontre pres- que toujours qu'il paraît suspect de ce crime, soit par ses discours, soit par ses actions, et alors le saint- office, qui a voulu proportionner les peines à la gravité du soupçon, caractérise ce soupçon de *léger*, de *grave* et de *violent*, et condamne l'individu soupçonné, d'après les règles établies pour ces trois caté- gories.

« Lorsque les charges qui s'élè- vent contre l'accusé sont graves, et qu'il nie le crime qu'on lui impute,

on le regarde aussitôt comme hérétique obstiné; en conséquence, on
le ramène en prison, et ce n'est
qu'après l'avoir traîné pendant plusieurs années de la prison à l'audience et de l'audience à la prison,
qu'on lui remet une copie du procès,
dans laquelle on omet les noms du
délateur et des témoins, ainsi que
toutes les circonstances qui ont pu
les lui faire découvrir. En même
temps on lui donne un avocat;
mais ce conseil est totalement illusoire, puisqu'il ne peut voir l'accusé
qu'en présence des inquisiteurs, et
qu'il ne lui est permis de parler que
pour le presser d'avouer son crime.

« — C'est une infamie, s'écria

4.   5.

Ozmin; il est trop certain que ces barbares me condamneront comme hérétique....

« — Dès que l'accusé a produit tous les moyens de défense qui sont en son pouvoir, et qu'il a répondu à tous les interrogatoires, si ses réponses ne satisfont pas les inquisiteurs, ou si le crime n'est pas suffisamment prouvé, les inquisiteurs ordonnent la question comme un moyen presque toujours sûr d'obtenir des aveux vrais ou considérés comme vrais; et ces aveux, arrachés par les plus cruelles tortures, suffisent aux juges de l'inquisition pour rassurer leur conscience.

« Il arrive quelquefois que les

inquisiteurs ne croient pas la question nécessaire. Dans ce cas, ils procèdent au jugement, qui est prononcé par l'inquisiteur. L'accusé n'entend lire sa sentence qu'au moment où elle doit être exécutée.

« L'inquisition ne fait pas de procédures régulières, et les juges ne fixent aucun terme pour établir la preuve des faits imputés. Devant le tribunal du saint-office, les témoins ne sont pas obligés de prouver leurs dépositions ; jamais non plus ils ne sont confrontés entre eux.

« Les témoignages des hommes les plus vils et les plus infâmes sont admis, et suffisent souvent pour faire condamner au feu un honnête homme dont le crime consiste à avoir pour ennemis des scélérats qui ne craignent point de se parjurer. Deux témoins qui ont seulement ouï dire telle chose, équivalent à un témoin qui a vu et entendu par lui-même; il ne faut pas d'autre charge pour faire donner la question à l'accusé. Les délateurs eux-mêmes sont admis comme témoins; enfin, par un renversement de toutes les lois et de la plus saine morale, un domestique peut témoigner contre son maître, un mari contre sa femme, la femme contre son mari, le fils contre son père, et les pères contre leurs enfans.

« — Quelle vaste carrière ouverte

aux vengeances et aux trahisons
protégées par le secret ! reprit
Ozmin.

« — Les inquisiteurs n'admettent
d'autre récusation que celle qui a
pour motif l'inimitié la plus vio-
lente ; et pour s'assurer si cette inimitié est réelle, ils demandent à
l'accusé s'il a des ennemis, depuis
quel temps et quelle est la cause de
leur haine : la preuve est admise,
et les juges peuvent y avoir égard.
Les inquisiteurs questionnent adroitement l'accusé pour lui faire dire
s'il connaît certains individus
qu'ils lui nomment ; ces individus
sont le dénonciateur et les témoins,
circonstance qu'on laisse ignorer au

prévenu; et si, par quelque motif que ce soit, la réponse de l'accusé est négative, il perd le droit de les récuser comme ennemis.

«—L'accusé peut aussi récuser l'inquisiteur lui-même; mais il tombe ordinairement de Carybde en Scylla. Enfin, l'accusé peut encore appeler au pape des actes et des mesures prises par le tribunal; mais, comme les inquisiteurs ont la faculté de se rendre à Rome pour y faire l'apologie de leur conduite, les appels les mieux fondés sont presque toujours rejetés, et les malheureux condamnés apprennent, en allant au supplice, le résultat de cette faible et dernière ressource.

« Telle est la manière de procéder des tribunaux de l'inquisition;
passons aux prières et pénitences
imposées par le grand inquisiteur. »

~~~~~~

CHAPITRE XIX.

La haine en veut toujours à la
vie de celui qui l'excite; l'horreur exposera la sienne pour sauver celle de celui qui l'inspire.

« JE vivais à Séville d'une manière
fort tranquille et fort agréable; j'y
étais estimé de mes malades, et plus

naturellement qu'un médecin de mon âge ne le devait espérer. J'avais aussi de nombreux amis dans la conversation desquels je pouvais me délasser des fatigues de l'étude et de celles où m'engageait ma profession. Rien ne paraissait pouvoir être capable de troubler mon repos, lorsque Dieu permit qu'on me suscitât une persécution affreuse, sous le poids de laquelle il est surprenant que je n'aie pas encore succombé.

« Voici les peines et pénitences imposées par l'inquisition, depuis le fauteur d'hérésie légèrement suspect, jusqu'à l'hérétique formel obstiné et l'hérétique relaps ; chacun de ces malheureux subit des peines et

des pénitences telles, qu'il est impossible de ne pas éprouver la plus
vive indignation contre le tribunal
qui les inflige au nom du Dieu de
clémence et de bonté.

« La moindre de ces peines est
celle encourue par l'accusé déclaré
légèrement suspect. Il doit d'abord
se soumettre à faire abjuration so-
lennelle de l'hérésie dont il est soupçonné; en conséquence, on prépare
une espèce de cérémonie, à laquelle
on invite par avance tous les habitans de la ville à assister. Au jour
indiqué, le clergé et le peuple se
réunissent dans l'église : l'accusé
légèrement suspect s'y trouve placé
sur un échafaud, debout et la tête

nue. On chante la messe, et l'inquisiteur, interrompant l'office divin
après l'épître, prêche contre les hérésies. On présente alors au condamné la croix et les évangiles, et
on lui fait faire son abjuration, qu'il
est obligé de signer, s'il sait écrire.
L'inquisiteur lui donne ensuite l'absolution, le réconcilie, et lui impose des pénitences.

« Le jour de la Toussaint, les
fêtes de Noël, de l'Épiphanie et de
la Chandeleur, ainsi que tous les dimanches de carême, le réconcilié se
rend à la cathédrale pour assister à
la procession, en chemise, pieds nus
et les bras en croix ; il y est fouetté
par l'évêque ou par le curé, excepté

le dimanche des Rameaux, où il est
réconcilié. Le mercredi des Cendres,
il se rend aussi à la cathédrale de
la même manière, et il est chassé de
l'église pour tout le temps du carême, pendant lequel il est obligé
de se tenir à la porte et d'assister de
là aux offices divins. Il occupe la
même place le jeudi-saint, jour où
il se réconcilie de nouveau. Tous
les dimanches de carême, il entre à
l'église pour y être réconcilié, et reprend aussitôt sa place à la porte.
Il porte toujours sur la poitrine deux
croix d'une couleur différente de
celle de l'habit.

« Cette pénitence dure pendant
trois ans pour les fauteurs d'hérésie

légèrement suspects, cinq ans pour ceux *fortement suspects*, et sept ans pour ceux *violemment suspects*.

« Les hérétiques formels et les dogmatisans, qui demandent à se convertir, doivent, après avoir abjuré et reçu l'absolution, être enfermés dans une prison pour y rester jusqu'à leur mort.

« Lorsque l'accusé est hérétique *impénitent* ou *obstiné*, il est condamné à être *relaxé*, quoiqu'il ne soit point *relaps*. Il arrive cependant quelquefois qu'on parvient à le convertir avant l'*auto-da-fé;* dans ce cas, il ne périt pas, mais il est renfermé dans une prison perpétuelle.

« C'est en vain qu'un hérétique

relaps annonce la résolution de revenir à la foi, il lui est impossible d'éviter la peine de mort : la seule grâce qu'on lui accorde est de lui épargner les tourmens du bûcher. Le bourreau l'étrangle avant de le livrer aux flammes.

« On condamne par *contumace* les prévenus qui se sont échappés des prisons ou qui n'ont pu être arrêtés : leur statue est livrée aux flammes. Il en est de même des ossemens des hérétiques morts avant d'avoir été réconciliés.

« Ainsi l'inquisition ne fait grâce à personne ; les présens, les absens, les morts même subissent également la honte de figurer dans les *auto-da-fé*.

« Indépendamment, des peines et des pénitences dont je viens de vous parler, les inquisiteurs en imposent encore de pécuniaires, telles que la confiscation entière ou partielle des biens des condamnés, et des amendes qui varient suivant les cas. L'exil, la déportation, l'infamie, la perte des emplois, honneurs et dignités, sont encore au nombre des peines infligées par les tribunaux de l'inquisition.

« Une circonstance remarquable dans les jugemens du saint-office, c'est la formule insérée à la fin de toutes les sentences portant *relaxation* du condamné, par laquelle les inquisiteurs prient le juge séculier

de ne point appliquer au coupable
la peine capitale. Cette prière n'est
jamais qu'une formalité dictée par
l'hypocrisie; car il est prouvé par
plusieurs exemples que si, pour se
conformer à cette prière, le juge
n'envoie pas le coupable au supplice, il est lui-même poursuivi par
l'inquisition, et mis en jugement
comme suspect d'hérésie, attendu
que la négligence du juge à faire
exécuter les lois civiles contre les
hérétiques fait planer sur sa tête le
soupçon suffisant pour être suspect.

« Je terminerai en vous donnant
connaissance d'un acte de saint Dominique, relatif à la réconciliation
d'un hérétique. Cette pièce, des pre-

miers temps de l'inquisition, servira
à vous donner une juste idée de la
sévérité des pénitences imposées aux
personnes que l'on réconcilie, et
vous prouvera que si saint Dominique n'a pas eu la gloire d'être le fon-
dateur de l'inquisition, ainsi que
l'ont assuré quelques écrivains, il
est au moins digne de figurer à la
tête des inquisiteurs. Voici cet acte. »
Le médecin tira un papier de sa po-
che, et dit à Ozmin : Lisez.

« A tous les fidèles chrétiens qui
auront connaissance des présentes
lettres, Fr. Dominique, chanoine
d'Osma, le moindre des prêcheurs,
salut en Jésus-Christ.

« En vertu de l'autorité du sei—

gneur abbé de Citeaux , légat du
saint-siége apostolique (que nous
sommes chargés de représenter),
nous avons réconcilié le porteur de
ces lettres , Ponce Robert , qui a
quitté, par la grâce de Dieu, la secte
des hérétiques, et lui avons ordonné
(après qu'il nous a promis avec serment d'exécuter nos ordres) de se
laisser conduire , trois dimanches de
suite, dépouillé de ses habits , par
un prêtre qui le frappera de verges,
depuis la porte de la ville jusqu'à
celle de l'église.

« Nous lui imposons également
pour pénitence de ne manger ni
viandes, ni œufs, ni fromage, ni aucun autre aliment tiré du règne ani-

mal, et cela pendant sa vie entière, excepté les jours de Pâques, de la Pentecôte et de la Nativité de Notre-Seigneur, auxquels jours nous lui ordonnons d'en manger, en signe d'aversion pour son ancienne hérésie; de faire trois carêmes par an, sans manger de poisson pendant ce temps-là; de jeûner trois jours par semaine pendant toute sa vie, en s'abstenant de poissons, d'huile et de vin, si ce n'est pour cause de maladie ou des travaux forcés de la saison;

« De porter un habit religieux, tant pour la forme que pour la couleur, avec deux petites croix cousues de chaque côté de la poitrine;

d'entendre la messe tous les jours,
s'il en a la facilité, et d'assister aux
vêpres les dimanches et fêtes; de
réciter exactement l'office du jour et
de la nuit, et le *Pater* sept fois dans
le jour, dix fois le soir et vingt fois
à minuit; de vivre chastement, et
de faire voir la présente lettre une fois
par mois au curé du lieu de Cereri,
sa paroisse, auquel nous ordonnons
qu'il soit regardé comme parjure
hérétique et excommunié, et qu'il
soit éloigné de la société des fidèles.

« — Quel acte de cruauté!

« — Le commerce immense que
faisaient les Juifs d'Espagne avait
réuni entre leurs mains, non-seu-
lement la plus grande partie des

richesses de la Péninsule, mais encore le crédit et la faveur qui en résultent ordinairement. Les chrétiens, qui ne pouvaient plus rivaliser d'industrie avec eux, devinrent presque tous leurs débiteurs, et l'envie ne tarda pas à les rendre ennemis de leurs créanciers. Cet état d'hostilité permanent fit éclater un grand nombre d'émeutes populaires, dans lesquelles plusieurs milliers de Juifs furent massacrés. Beaucoup d'autres évitèrent la mort en se faisant chrétiens, et les églises se remplirent de Juifs de tout sexe et de toute condition qui s'empressaient de demander le baptême. En peu de temps plus de cent mille familles, c'est-à-dire près d'un million d'individus, renoncèrent ou firent semblant de renoncer à la loi de Moïse, pour embrasser le christianisme. Ces abjurations augmentèrent considérablement encore pendant les premières années du quinzième siècle; mais comme la crainte de la mort avait eu bien plus de part à la conversion de ces nouveaux chrétiens, appelés *Marranos*, qu'une véritable persuasion, il y en eut beaucoup qui se repentirent d'avoir abandonné leur ancienne religion, et qui retournèrent secrètement au judaïsme. Néanmoins, comme la contrainte dans laquelle ils étaient obligés de vivre était très-pénible, ils ne pouvaient manquer de se trahir, et on ne tarda pas à découvrir leur apostasie.

« La prétendue nécessité de punir ce crime d'une manière exemplaire fut le prétexte dont se servirent le pape Sixte IV et Ferdinand V pour établir l'inquisition moderne en Espagne. Ce motif, en apparence religieux, offrait à l'avidité de Ferdinand l'occasion de confisquer et de s'emparer des biens immenses que les *Marranos* avaient acquis dans les Espagnes, et le pape ne pouvait qu'approuver l'installation d'un tribunal qui devait augmenter encore le crédit des maximes ultramontaines. Le seul obstacle qu'il y avait à vaincre était le refus que faisait Isabelle, femme de Ferdinand, de laisser établir le tribunal de l'inquisition dans son royaume de Castille. Cette reine ne pouvait approuver un moyen qui répugnait à la douceur de son caractère ; mais son confesseur, *Thomas de Torquemada*, prieur du couvent des dominicains de Séville, connaissait déjà l'art de lever les scrupules : il lui prouva que cette mesure était un devoir que la religion lui imposait dans les circonstances où se trouvait la Castille, et il obtint par ce moyen le consentement de la reine. Au même instant, deux premiers inquisiteurs furent désignés par le nonce du pape pour aller installer l'inquisition à Séville, et l'ordre fut donné à tous les gouverneurs des provinces d'avoir à leur fournir, ainsi qu'aux personnes de leur suite, tous les bagages et toutes les provisions dont ils pourraient avoir besoin pendant leur voyage.

Les peuples du royaume de Castille étaient si éloignés de voir avec plaisir l'inquisition s'établir au milieu d'eux, que les inquisiteurs, en arrivant à Séville, ne purent jamais réunir le nombre de personnes, ni le secours dont ils avaient besoin pour commencer leurs fonctions. Ferdinand et Isabelle furent obligés de réitérer plusieurs fois leurs or-

4.　　　　　4.

dres aux gouverneurs et aux habitans, et encore ne parvinrent-ils à
être obéis que très-incomplète-
ment.

« Dès que les inquisiteurs furent
installés, on vit presque tous les
nouveaux chrétiens émigrer dans
les terres du duc de Médina-Sido-
nia, du marquis de Cadix, du comte
d'Arcos et de quelques autres seigneurs. En apprenant ces nombreuses émigrations, les nouveaux inquisiteurs, à la tête desquels venait
d'être placé Thomas de Torquemada, comme premier inquisiteur
général, frémirent de voir leurs
victimes échapper à la surveillance
et à l'autorité du saint-office, et par

une proclamation, qui fut le premier acte de leur juridiction, ils déclarèrent tous les émigrés convaincus d'hérésie, par le seul fait de leur émigration ; ordonnèrent au marquis de Cadix, au duc d'Arcos et aux autres seigneurs du royaume de Castille, de s'emparer des fuyards, de les envoyer sous escorte à Séville, et de faire mettre le séquestre sur tous leurs biens, sous peine d'excommunication, de la confiscation de leurs domaines et de la perte de leurs emplois et dignités.

« Le nombre des prisonniers est tellement considérable, que le couvent où on les entasse se trouve trop petit pour les contenir tous.

Cependant les inquisiteurs, non
contens d'avoir obtenu l'extradition
de tant de malheureux, ont publié un
édit, qu'ils nomment l'*édit de grâce*,
pour engager ceux des apostats qui
n'ont pas été arrêtés à se mettre volontairement entre les mains du
saint-office ; on leur promet de leur
donner l'absolution, moyennant
quelques légères pénitences, et de
ne pas confisquer leurs biens.

« Cette espèce d'amnistie trompe
un grand nombre de *Marranos* qui
se présentent ; mais les inquisiteurs
les font emprisonner, et ne leur
accordent l'absolution qu'après les
avoir forcés à indiquer les noms et
la demeure de toutes les personnes

qu'ils savent être tombées dans l'apostasie, soit qu'ils en aient connu, soit qu'ils en aient seulement ouï parler : ainsi l'*édit de grâce* se trouve transformé en un édit de délation.

« — Mais des moyens si propres à multiplier les victimes ne peuvent manquer de produire les résultats les plus terribles, reprit Ozmin.

« — Aussi le saint-office commença bientôt ses cruelles exécutions. Quatre jours après son installation à Séville, six condamnés furent brûlés, et dix-sept autres subirent le même sort quelques jours après ; et, en moins de six mois, deux cent quatre-vingt-dix-huit chrétiens nouveaux auront

subi la peine du feu ; soixante-dix-
neuf autres se trouvent condamnés
à une prison perpétuelle, et tout
cela dans la seule ville de Séville.
Pendant le même espace de temps,
plus de deux mille *Marranos* seront
livrés aux flammes dans les autres
parties de la province; un plus
grand nombre encore doit être exécuté en effigie, et dix-sept mille
subiront diverses peines canoniques.
Parmi ceux qui périront sur les
bûchers, on remarque des personnes
fort riches, dont les biens deviendront la proie du fisc.

« La grande quantité de condamnés que l'on fait mourir par le feu
est cause que le préfet de Séville se

voit dans la nécessité de faire cons-
truire hors de la ville un échafaud
permanent en pierres, sur lequel
on élèvera quatre grandes statues
en plâtre : ces statues sont creusées
intérieurement , et c'est dans ces
creux que l'on enferme vivans les
nouveaux chrétiens relaps, pour
les y faire périr lentement au milieu d'une terrible combustion.

« — Quelle horreur! s'écria Ozmin. Mais les Bédouins du désert sont
moins barbares.

« — La crainte que de pareils
supplices inspirent aux nouveaux
chrétiens en fait émigrer une multitude innombrable en France, en
Portugal et jusqu'en Afrique. Beau-

coup de ceux qui ont été condamnés par contumace se sont rendus
à Rome pour demander justice au
pape; mais le saint-père se borne à
quelques menaces de destitution
contre les inquisiteurs, et ces menaces n'ont aucun résultat avanta-
geux pour les personnes condamnées injustement.

« La reine Isabelle, qui éprouve
quelques scrupules de conscience
sur l'article des confiscations, a
prié le pape de donner au nouveau
tribunal une forme stable, propre à
satisfaire tout le monde; elle demande aussi que les jugemens portés en Espagne soient définitifs, et
sans appel à Rome. Sixte IV loue

le zèle de la reine pour l'inquisition
apaise ses scrupules, et vient de
créer un juge apostolique pour
l'Espagne, chargé de prononcer sur
tous les appels interjetés des jugemens rendus par les inquisiteurs.
Don Inigo Manrique, archevêque
de Séville, est revêtu de cet emploi.

« La création de ce juge d'appel
et sa résidence en Espagne devraient
être d'une grande utilité, puisqu'elles
empêchent les habitans et l'argent
de sortir du royaume ; mais la cour
de Rome la rend inutile en conti-
nuant de recevoir les appels d'un
grand nombre d'Espagnols qui craignent de se présenter à Séville. Ce
conflit d'autorité est nuisible, sous

4.   5

tous les rapports, aux malheureux
qui ont appelé à Rome des injusti-
ces de l'inquisition ; car, après avoir
donné leur argent au pape et reçu
son absolution, ils n'en sont pas
moins condamnés et exécutés à
leur retour en Espagne, quoiqu'ils
obtiennent des certificats de réconciliation et d'absolution. Ainsi, malgré une bulle du pape dans laquelle
il désapprouve l'injustice et la rigueur de l'inquisition, et ordonne
qu'on traite favorablement ceux qui
font des confessions volontaires,
Ferdinand, qui est trop partisan
des confiscations, et les inquisiteurs, qui se trouvent trop intéres-
sés à ce que leur manière de procé-

der ne paraisse pas irrégulière, persistent dans un système si favorable à leurs vues. Le pape seul peut remédier à ce grand mal; mais il craint de déplaire à Ferdinand, et il ne songe qu'à donner une forme stable et imposante à l'inquisition d'Espagne.

« La bulle du pape Sixte IV donna lieu à plusieurs mesures nouvelles, parmi lesquelles se trouve le décret qui fit prendre à l'inquisition la forme d'un tribunal permanent, avec un chef auquel étaient soumis tous les inquisiteurs en général et en particulier. Thomas de Torquemada, qui occupait déjà la place d'inquisiteur général du

royaume de Castille, réunit alors
sous sa domination toutes les provinces de la couronne d'Aragon, et
ses immenses pouvoirs furent con-
firmés par le pape Innocent VIII.

« Torquemada justifia pleinement
le choix qu'on avait fait de sa personne; il était impossible de trouver un homme plus propre à remplir les intentions de Ferdinand,
en multipliant les confiscations ;
celles de la cour de Rome, par la
propagation de ses maximes dominatrices et fiscales ; et celles de l'inquisition elle-même, en créant le
système de terreur dont elle avait
besoin. Le grand inquisiteur général organisa d'abord quatre tribu-

naux subalternes pour Séville , Cordoue, Jaën et Ciudad-Réal , et
permit ensuite aux dominicains de
commencer leurs fonctions dans les
différens diocèses de la couronne de
Castille. Torquemada désigna , pour
ses assesseurs et ses conseillers,
deux jurisconsultes qu'il chargea de
la rédaction des nouvelles constitutions du saint-office.

« Ferdinand , qui savait combien
il était important pour l'intérêt du
fisc d'organiser convenablement le
tribunal, créa un conseil royal de
l'inquisition , que l'on appela *conseil
de la Suprême*. Le grand inquisiteur
général en était président de droit ;
un évêque et deux docteurs en

droit en furent les premiers conseillers. Ces conseillers avaient voix
délibérative dans toutes les affaires
qui dépendaient du droit civil, et
voix consultative seulement dans
celles qui appartenaient à l'autorité ecclésiastique : ce qui donna
souvent lieu à de grandes alter-
cations entre les inquisiteurs généraux et les conseillers de la *Suprême*.

« Quelque temps après, Torquemada convoqua une junte générale
composée d'inquisiteurs et de conseillers : cette réunion eut lieu à Séville, et l'on y décréta les premières
lois de l'inquisition d'Espagne, sous
le titre d'*instructions*.

« Ce nouveau code est divisé en vingt-huit articles.

« Les trois premières déterminent la manière d'installer les tribunaux dans les villes ; la publication des censures contre les hérétiques et les apostats qui ne se dénonceront pas volontairement, et fixent le délai de *grâce* pour éviter la confiscation des biens.

« Le quatrième article porte que les confessions volontaires, faites avant le temps de grâce, doivent être écrites sur l'interrogatoire des inquisiteurs. Par cette manière de procéder, on n'accorde la grâce à un homme que lorsqu'il en a fait livrer d'autres à la persécution.

« L'article cinq défend de donner secrètement l'absolution , excepté dans le seul cas où personne n'aurait eu connaissance du crime du réconcilié. Cette mesure livre à la honte de *l'auto-da-fé* public celui-là même qui a avoué spontanément sa faute, et fait passer des sommes immenses à la cour de Rome, qui accorde , en payant, des brefs pour dispenser de cette humiliante cérémonie.

« Par le sixième article, le réconcilié se trouve condamné à la privation de tout emploi honorifique, et de l'usage de l'or, de l'argent , des perles, de la soie et de la laine fine. Ces pénitences enrichissent encore la cour de Rome par les nombreuses demandes de *réhabilitation* qui lui sont adressées.

« L'article sept impose des pénitences pécuniaires, même à ceux qui ont fait une confession volontaire.

« Le huitième porte que le pénitent volontaire, qui se présentera après le terme de grâce, ne pourra être exempté de la confiscation de ses biens, qu'il a encourue de droit le jour de son apostasie ou de son hérésie. On voit, par ces deux articles, tout ce que la cupidité de Ferdinand s'est promis de l'inquisition.

« Le neuvième article ordonne de n'imposer qu'une pénitence légère aux sujets âgés de moins de vingt

ans, qui se présenteront volontairement.

« — Mais, reprend Ozmin, qu'est-
ce qu'entendent par pénitence légère des législateurs si froidement
barbares? »

« L'article dix impose l'obligation
de préciser le temps où le réconcilié
est tombé dans l'hérésie, afin de savoir quelle portion de ses biens ap-
partient au fisc. Cet article fait perdre à beaucoup de personnes la dot
de leurs femmes, parce qu'elle leur
avait été payée après le crime de
leurs beaux-pères.

« — Quel désordre pour les familles! s'écria le jeune maure.

« Si un hérétique, détenu dans les

prisons secrètes du saint-office, touché d'un véritable repentir, demande l'absolution, l'article onze porte qu'on pourra la lui accorder, en lui imposant pour pénitence un emprisonnement perpétuel.

« Quelle pénitence !

« Le douzième article autorise les inquisiteurs à condamner à la *relaxation*, comme faux pénitent, tout réconcilié dont ils jugeront la confession imparfaite ou la repentance simulée.

« — Ainsi la vie d'un homme dépend de l'opinion d'un inquisiteur, reprend Ozmin. »

« Hélas ! oui, l'article treize prononce la même peine contre ceux qui se vanteraient d'avoir caché plusieurs crimes dans leur confession.

« Le quatorzième porte que si l'accusé convaincu persiste dans ses dénégations, il doit être condamné comme impénitent. Cet article fait conduire au bûcher des milliers de victimes, parce qu'on regarde comme convaincues des personnes qui sont bien loin de l'être.

« D'après le quinzième article, toutes les fois qu'il existe une demi-preuve contre un accusé qui nie son crime, il doit être soumis à la question : s'il s'avoue coupable dans les tourmens, et confirme ensuite sa confession, il est condamné comme convaincu ; et, s'il la rétracte, il doit subir une seconde question.

« Il est défendu par le seizième article de communiquer aux accusés
la copie entière des déclarations des
témoins.

« Le dix-septième prescrit aux
inquisiteurs d'interroger eux-mêmes les témoins.

« Le dix-huitième veut qu'un ou
deux inquisiteurs soient toujours
présens à la question, afin de recevoir les déclarations du prévenu.

« Le dix-neuvième exige qu'on
condamne comme hérétique convaincu, tout accusé qui ne compa-
raîtra pas après avoir été assigné
dans les formes.

« Le vingtième porte que, s'il

est prouvé par les livres ou par la conduite d'un homme mort qu'il a été hérétique , il doit être jugé et condamné comme tel, son cadavre exhumé , et la totalité de ses biens confisqués aux dépens de ses héritiers naturels.

« D'après le vingt-unième article, il est ordonné aux inquisiteurs d'étendre leur juridiction sur les vassaux des seigneurs , et de censurer ces derniers, s'ils y mettent obstacle.

« Le vingt-deuxième article veut qu'on accorde aux enfans de ceux dont les biens auront été confisqués , une portion de ces mêmes biens à titre d'aumône. Cet article devient illusoire, car jamais les inquisiteurs ne se sont occupés du sort de ces malheureux : l'abandon et la misère sont toujours leur partage.

« Les autres six articles de ce code sont relatifs aux procédés que les inquisiteurs doivent observer entre eux et envers leurs subordonnés.

« Cette constitution est augmentée plusieurs fois, même dans les premiers temps ; mais, malgré toutes ces modifications, les formes de la procédure sont toujours les mêmes, et les inquisiteurs n'ont jamais renoncé à l'arbitraire, qui fait le fond de cette odieuse et cruelle jurisprudence. Il est impossible à l'ac-

cusé d'établir sa défense convenablement, et les juges, placés entre
l'alternative de reconnaître son innocence, ou de le soupçonner coupable, adoptent toujours ce dernier
parti, et n'ont plus besoin de preuves.

« Ce tribunal sanguinaire, dont
l'exécution est confiée à des hommes
qui croient se rendre agréables à
Dieu en faisant brûler des milliers de
leurs semblables, ne peut que rendre
l'inquisition odieuse.

« — Aussi excite-t-elle le plus vif
mécontentement, reprit Ozmin, et
les peuples des Espagnes lui opposent une résistance qui sera san-
glante. »

« En Aragon, où la confiscation

des biens ne peut exister à cause des
priviléges dont les Aragonais jouissent depuis long-temps, l'établisse-
ment et l'exécution des nouvelles
constitutions soulèveront le peuple
et les nobles. Les représentans du
royaume réclameront auprès du
pape et de Ferdinand. »

« — Les Aragonais se flattent que ,
si cette mesure est abandonnée, le
tribunal de l'inquisition tombera
bientôt de lui-même. »

« Oui, mais pendant que les dé-
putés des cortès d'Aragon feront
leurs réclamations, les nouveaux inquisiteurs condamneront plusieurs
nouveaux chrétiens, qui seront brûlés dans des *auto-da-fé* publics et

4.   5.

solennels. Ces supplices ne feront qu'irriter davantage les *Marranos* du royaume d'Aragon.

« Ils craindront de voir se renouveler au milieu d'eux les scènes qui se passent en Castille, où le saint-office, établi seulement depuis trois ans sous la direction de moines et de prêtres fanatiques, a déjà immolé des milliers de victimes.

« Dans cet état de choses, voyant que leurs démarches auprès du pape et du roi n'avaient aucun succès, plusieurs des principaux habitans de Sarragosse se liguèrent contre l'inquisition, et se décidèrent à sacrifier un ou deux inquisiteurs, afin d'effrayer les autres, et les obligerent ainsi à renoncer à leur mission.

« Les premiers coups des conjurés devaient frapper l'inquisiteur Pierre Arbuès ; mais ils le manquèrent plusieurs fois. Arbuès, ayant été averti de leur dessein, prit des précautions; il portait une cotte de mailles sous sa veste et une espèce de casque de fer sous son bonnet. Cependant les conjurés l'ayant approché un soir près de l'autel de l'église, ils le frappèrent dans le cou, et lui firent une blessure si profonde, qu'il en mourut deux jours après.

« L'impression que cet assassinat fit sur les esprits ne répondit pas à l'attente des conjurés. Tous les vieux

chrétiens, excités par les inquisiteurs et par les moines, voulurent
venger la mort d'Arbuès ; il y eut
des émeutes violentes, dont les suites auraient été terribles, si on n'eût
contenu la multitude fanatique, en
lui promettant que les coupables seraient punis du dernier supplice.

« En attendant, la mémoire de
l'inquisiteur Arbuès est honorée avec
une sorte de solennité qui contribue
beaucoup à le faire passer pour un
saint, et à lui attirer un culte particulier dans les églises. Peu s'en faut
que ce dominicain ne soit reconnu
pour patron de l'inquisition et pour
protecteur des ministres du saint-
office ; et on se contente de tra-

vailler à préparer des miracles, afin
de le faire béatifier.

« L'assassinat commis sur le dominicain Arbuès irrite fortement
tous les inquisiteurs; ils jurent de
venger sa mort, et les ordres les
plus cruels sont donnés par Torquemada pour découvrir les auteurs
et complices de ce crime de lèse-
inquisition, et pour les punir
comme hérétiques, ennemis du
saint-office. Un des assassins a
avoué, dans les tortures, tout ce
qu'il savait du complot, et facilita
les recherches des inquisiteurs, en
désignant une partie des conjurés.

« Il serait difficile de compter les
familles qui sont victimes de la

vengeance des inquisiteurs : en
peu de temps ils ont immolé plus
de deux cents personnes ; et comme
le plus léger indice est reçu
pour une preuve de complicité, un
grand nombre de malheureux meu-
rent lentement au fond des cachots.
Il suffit d'avoir donné l'hospitalité à
quelque fugitif pour être condamné
au moins à la honte de figurer dans
un *auto-da-fé* public, sous l'habit
de *pénitencié*. Les inquisiteurs n'é-
pargnent personne; il n'y a point
de famille dans les trois premiers
ordres de la noblesse qui ne compte
quelqu'un de ses membres au nombre des condamnés à des peines infamantes, et don Jacques de Na-

varre, fils du fameux infant don
Carlos, est enfermé dans les prisons
de Sarragosse, d'où il ne sortira que
pour subir une pénitence publique,
comme convaincu d'avoir protégé
la fuite de quelques-uns des conjurés. Les principaux auteurs du
meurtre d'Arbuès ont été mutilés; on
leur a coupé les mains avant que de
les pendre; leurs cadavres ont ensuite été écartelés, et leurs membres
exposés sur les chemins publics.
L'un d'eux s'est tué dans la prison,
la veille de son supplice; mais son
cadavre n'en est pas moins traité
comme ceux des autres condamnés.
Les inquisiteurs ont promis la vie à
celui des conjurés qui aura dénoncé

les autres ; il sera pendu et toute la grâce qu'il recevra se bornera à n'avoir les mains coupées qu'après sa mort.

« Parmi les accusés qui furent assez heureux pour se réfugier en France, il y en a un de race noble, nommé Gaspard de Santa-Crux, qui mourut à Toulouse pendant qu'on le brûlait en effigie à Sarragosse. Un de ses fils fut arrêté comme ayant favorisé son évasion ; les inquisiteurs le condamnèrent à figurer dans un *auto-da-fé* public, et à se rendre ensuite à Toulouse pour demander aux dominicains de cette ville que le cadavre de son père fût exhumé et livré aux flammes : il

devait, en outre, revenir à Sarragosse, et remettre aux inquisiteurs
le procès-verbal de cette parricide
exécution. La terreur que l'inquisition inspirait au fils de Santa-Crux
fut telle, qu'il se soumit, sans se
plaindre , aux ordres barbares
qu'elle lui prescrivait, et il eut la
bassesse de remplir son exécrable
pénitence.—Une pareille sentence,
dont l'idée seule fait frémir d'horreur, doit suffire pour caractériser
les inquisiteurs qui la prononcèrent,
et pour donner une juste idée du
degré d'avilissement où ils ont
plongé les peuples.

« Pendant que les inquisiteurs de
Sarragosse entassent victime sur

4.   6

victime, ceux des autres provinces s'empressent de les imiter. Le tribunal établi à Tolède a fait arrêter une si grande quantité de prévenus, qu'il lui est impossible de poursuivre leurs procès d'après les formes établies, à cause du manque de temps. Un mois après l'expiration du délai de grâce, ils célèbrent un *auto-da-fé* de réconciliation, dans lequel sept cent cinquante condamnés de l'un et de l'autre sexe subissent une pénitence publique, nu-pieds, en chemise et un cierge à la main.

« Il y aura un second *auto-da-fé* où figureront le même nombre de malheureux.

« Encore sept cent cinquante victimes de l'inquisition, et, avant la fin
de l'année, il y aura une quatrième
exécution, dans laquelle vingt-sept
condamnés, y compris deux prêtres, seront brûlés, et neuf cent
cinquante réconciliés, au moyen de
diverses pénitences plus ou moins
sévères.

« Ces procédures doivent vous paraître irrégulières, surtout quand
vous saurez qu'il n'y a que deux inquisiteurs et deux greffiers pour faire ce
travail, dont la dixième partie est encore trop forte pour tout autre tribunal. Les inquisiteurs des autres provinces de la monarchie d'Espagne se
conduisent à peu près de la même

manière que ceux de Séville, de Sarragosse et de Tolède. Son excessive
rigueur fait émigrer plus de cent
mille familles, et exporter plusieurs
millions de ducats au profit de la
cour de Rome, qui continue à vendre ses bulles d'absolution.

« Pendant que les inquisiteurs
semblent former une sainte alliance
contre les peuples, les peuples se
liguent contre l'inquisition ; les
cruautés de ce tribunal excitent partout des mouvemens populaires que
le roi a bien de la peine à apaiser.
Des émeutes viennent d'éclater en
même temps à Téruel, à Valence,
à Lérida, à Barcelone, et dans presque toutes les villes de la Catalogne.

La résistance est tellement opiniâtre, que Ferdinand se voit contraint
de prendre les mesures les plus sévères pour la faire cesser; néanmoins il lui faut plus de deux années pour réduire ce qu'on appelle
les séditieux, à la tête desquels se
trouvent plusieurs seigneurs.

« Barcelone surtout se fait remarquer par sa courageuse opposition : les habitans de cette ville,
ainsi que ceux de toute la province,
ne veulent point se soumettre au
joug de l'inquisition, ni reconnaître l'autorité de Torquemada, et
l'on a toutes les peines possibles à
introduire la réforme du saint-office dans cette province, et à sou-

mettre les Catalans. Il en est de
même de Majorque et de Minorque,
dont les habitans repoussent l'inquisition. »

— Ozmin répondit au vieillard :
« Toutes ces marques évidentes
d'une opposition si générale prouvent incontestablement que le saint-
office a été introduit dans la Péninsule contre le vœu de tous les
Espagnols, et qu'il leur a été imposé
par la force et par la terreur. Les
vues dominatrices des papes, l'ava-
rice de Ferdinand et le fanatisme
de quelques moines plongeront
l'Espagne dans un abîme de maux
que le bon sens du peuple prévoit
déjà, puisqu'il lutte contre les ordres

de son roi et contre les bulles du pape. Le peuple se trompe rarement ; malheur à ceux qui méprisent ses remontrances !

« — Durant cette lutte, reprit le médecin, Torquemada, qui marche toujours vers son but, rédige des *actes additionnels* aux premières constitutions du saint-office, et convoque une nouvelle junte générale d'inquisiteurs. Cette assemblée a décrété plusieurs dispositions qui doivent rendre encore plus régulière l'autorité du grand inquisiteur général. Torquemada a publié en même temps diverses ordonnances pour remédier aux grands abus qui se sont glissés dans la gestion des biens con-

fisqués aux familles de ses victimes.
Quelque immense que soit la masse
de ces biens, leur mauvaise admi-
nistration, jointe aux dilapidations
commises par les inquisiteurs, di-
minueront tellement les revenus du
saint-office, qu'ils ne seront plus suf-
fisans pour faire face à ses dépenses.

« L'armée de satellites qu'il est
obligé de payer, et la nourriture du
grand nombre de prisonniers pau-
vres qui remplissent constamment
les prisons de l'inquisition, ont vidé
les caisses. Ferdinand, qui ne peut
plus y puiser, fait dresser l'état des
sommes dont les inquisiteurs se sont
emparés, et en ordonne la restitu-
tion. L'infidélité des inquisiteurs est

d'autant plus répréhensible, que Ferdinand a abondamment pourvu à leurs dépenses, même dans le cas où ils n'auraient pas touché le traitement qui leur est accordé.

« Au moyen de ces restitutions et des amendes pécuniaires que l'on impose aux personnes qui ont été réconciliées, Torquemada rétablira les finances de l'inquisition, et peut même ajouter à ses autres charges celles du salaire d'un grand nombre d'espions qu'il sème sur toute la surface de l'Espagne. Cette dernière mesure, capable d'inspirer des craintes, même aux vieux chrétiens, achèvera de rendre odieux ce grand inquisiteur général; et

dès cet instant sa vie est constamment exposée aux plus grands dan-
gers.

« Les vieux chrétiens d'Espagne,
dont la haine pour les juifs semble
s'être accrue depuis que l'inquisition les persécute, n'épargnent rien
pour rendre ces malheureux Israélites odieux au saint-office et au
gouvernement. On les accuse, non-
seulement d'exciter à l'apostasie
ceux de leurs anciens co-religion-
naires qui se sont faits chrétiens,
mais on leur impute encore un
grand nombre de sacriléges et de
crimes, comme, par exemple,
d'enlever des enfans chrétiens et de
les sacrifier le vendredi saint, dans

l'intention d'insulter à la mort de
Jésus-Christ ; d'avoir outragé des
hosties consacrées, et d'avoir cons-
piré contre la tranquillité de l'État.
On accuse en outre les médecins et
les apothicaires juifs d'abuser de
leur ministère pour donner la mort
aux chrétiens qu'ils soignent. C'est
pour ce prétendu crime que je suis
dans ce cachot.

« —Si jamais, reprit Ozmin, je re-
trouve la liberté, l'inquisition paiera
cher votre captivité.

« — Avertis du danger qui les
menaçait, et persuadés que, pour
conjurer l'orage, il suffirait d'offrir
de l'argent à Ferdinand, les Israélites s'engagèrent à lui fournir trente

mille ducats pour subvenir aux frais
de la guerre contre les Maures de
Grenade, dans laquelle il était alors
engagé. Ferdinand allait accepter
cette proposition ; mais le fanatique
Torquemada eut la hardiesse de s'y
opposer, et le décret qui obligeait
les juifs de tout sexe et de tout âge
à sortir de l'Espagne, fut promul-
gué. Ferdinand y avait prononcé la
peine de mort et la confiscation des
biens contre ceux qui n'auraient pas
obéi avant le terme de quatre mois.

« Cette mesure cruelle ne laissa
aux juifs d'Espagne d'autre alternative que la fuite ou le baptême.
Presque tous se hâtèrent de vendre
leurs biens et de quitter un pays

qui leur offrait aussi peu de sûreté.
L'Espagne perdit, par cette émigration, plus de huit cent mille habitans, et cela au même moment où
la conquête du royaume de Grenade
faisait passer en Afrique une quantité
considérable de Maures.

« L'expulsion des juifs et l'occupation de Grenade par les troupes
de Ferdinand sont deux événemens
remarquables qui offrent de nouvelles victimes à l'inquisition; car
parmi les mahométans et les israélites qui se font chrétiens pour pouvoir rester dans leur patrie, il y en
a très-peu dont la conversion ne
soit simulée. Les inquisiteurs ne
tarderont pas à découvrir ces mal-

heureux , et les bûchers en dévore-
ront aussitôt une grande quantité ,
et Ferdinand s'associe dans cette
circonstance aux cruautés du saint-
office. J'ai appris de quelle manière
il fit lentement expirer plusieurs
juifs trouvés dans Malaga , lorsque cette ville fut prise sur les
Maures ; il ordonna qu'ils fussent
tués avec des roseaux pointus : supplice affreux , que les Maures ne font
subir qu'à ceux qui se sont rendus
coupables du crime de lèse-majesté.

« Mais ce n'est pas assez pour le
fanatique Torquemada de sacrifier
des juifs et des Maures ; son audace
est poussée jusqu'au point de mettre en jugement les évêques de Sé-

govie et de Calahorra, qui jouissent
tous deux de l'estime générale,
et dont tous les crimes consistent à
être les fils de juifs baptisés. C'est
en vain que ces deux prélats opposent les bulles apostoliques qui dé-
fendent aux inquisiteurs de procéder contre les évêques, et les placent
sous la juridiction immédiate des
papes.

« Il suffit qu'un juif laisse des
richesses pour que l'inquisition
emploie tous les moyens possibles à
faire prouver qu'il est mort hérétique judaïsant, afin de flétrir sa mémoire, de confisquer ses biens,
d'exhumer ses ossemens pour les
livrer aux bûchers, et de priver ses

enfans de toutes ses dignités. Tel est
le but que Torquemada s'est proposé,
en informant contre les deux prélats; mais il a échoué, car le pape,
s'étant saisi de l'affaire, l'a renvoyée
devant d'autres évêques, dont la dé-
cision a été favorable aux accusés.
En dédommagement des persécu-
tions qu'ils ont éprouvées, le pape
a nommé l'évêque de Ségovie à l'am-
bassade de Naples, et celui de Calahorra à celle de Venise.

« Torquemada furieux de n'avoir
pu perdre ces deux prélats, trouve
encore le moyen de leur intenter un
nouveau procès, dans lequel il réus-
sit à démontrer que ces évêques
sont tombés dans l'hérésie, et à les

faire enfermer dans un château, où
ils mourront, après avoir été dé-
pouillés de leurs biens et dégradés
de la dignité épiscopale. Presque
toujours l'intrigue a assuré aux inquisiteurs le succès de leurs entre-
prises ; aussi ils ne craignent point
d'entreprendre des choses injustes,
toutes les fois qu'elles conviennent à
leur despotisme.

« Mais ce n'est pas seulement à
poursuivre les personnes que se
montrait le zèle ardent de Torquemada ; les livres devinrent aussi
l'objet de sa surveillance. Quoiqu'il
existât une commission composée
d'évêques et de présidens de chan-
celleries, chargée de tout ce qui

4.   6.

concernait l'examen , la censure ,
l'impression , l'introduction et la
vente des livres , Torquemada pro-
fita de toutes les occasions pour
étendre ses droits et sa juridiction
sur les produits de la presse : il commença par faire brûler plusieurs
Bibles hébraïques dans un *auto-
da-fé* qui eut lieu à Salamanque ,
sous prétexte qu'elles étaient infec-
tées des erreurs du judaïsme. Bientôt après il célébra un autre *auto-
da-fé* , où furent brulés plus de six
mille volumes , que les *qualificateurs*
du conseil de l'inquisition avaient
déclarés dangereux , et parmi lesquels il se trouvait beaucoup d'ouvrages estimables , dont le seul dé-

faut était de n'être pas compris.
L'insolence de Torquemada fut poussée si loin, qu'il voua à la destruction toute la bibliothèque de don
Henri d'Aragon, prince du sang
royal, enveloppant ainsi dans sa
proscription vandalesque la littéra-
ture, les sciences et les arts, avec la
théologie et les pratiques superstitieuses de la sorcellerie.

« L'abus que Thomas de Torquemada fait de ses immenses pouvoirs
depuis sa nomination à l'emploi de
grand inquisiteur général d'Espagne, jusqu'à sa mort, est tel, qu'il
sera impossible aux historiens de
calculer exactement le nombre de
ses victimes. Torquemada a fait

brûler ou condamner à des peines
infamantes plus de deux cent mille
personnes de tout sexe ; les treize
inquisitions de Séville , de Cordoue,
Jaën , Tolède, Cadix, Valladolid ,
Calahorra , Murcie , Cuença , Sarragosse , Valence , Barcelone et Majorque ont fait périr dans les flammes , pendant la domination de
Torquemada, dix mille deux cent
vingt personnes , brûler en effigie
six mille huit cent soixante , et condamner à d'autres peines , avec confiscation de leurs biens , quatre-
vingt - dix - sept mille trois cent
soixante-onze. Il est peut-être nécessaire d'ajouter une remarque importante qui augmente le nombre

réel des victimes de l'inquisition,
c'est que parmi les six mille huit
cent soixante individus brûlés en effigie, il s'en trouve au moins quatre
mille qui ont péri lentement dans
les cachots du saint-office, et près
de deux mille dont les ossemens ont
été exhumés : il ne reste ainsi qu'un
très-petit nombre de ceux brûlés en
effigie qui se sont échappés des
mains de l'inquisition. Il y eut donc
un total de cent quatorze mille quatre
cent une familles plongées dans l'op-
probre et la désolation pendant le
ministère inquisitorial de Torquemada.

« Tous ces malheurs sont la conséquence du système adopté par ce

premier grand-inquisiteur-général;
ils justifient la haine universelle qui
l'accompagnera jusqu'au tombeau,
et l'exécration à laquelle sa mémoire
sera vouée. Torquemada n'ignore
point que sa vie est toujours mena-
cée : il est obligé de prendre toutes
sortes de précautions. Dans ses
voyages il se fait escorter par cinquante *familiers de l'Inquisition* à
cheval, et par deux cents autres à
pied; sa route est éclairée comme
celle d'un corps de troupes qui
marche au milieu des ennemis. Indépendamment de ces mesures il a
toujours sur sa table une défense de
licorne à laquelle on suppose la vertu
de faire découvrir et de neutraliser

les poisons. Sa cruelle administra-
tion et les plaintes qu'elle a fait
naître effraient même le pape, et
Torquemada est obligé d'envoyer
un de ses collègues à Rome, avec
la mission de le défendre contre les
accusations dont il est journellement
l'objet. Enfin les choses sont poussées si loin, qu'Alexandre VI, fati-
gué des plaintes continuelles qui s'é-
lèvent de toutes parts contre ce
grand-inquisiteur, veut le dépouil-
ler de la puissance dont il l'a investi;
il dit que Torquemada étant parvenu à un grand âge, et souffrant de
différentes incommodités, le saint-
siége a jugé à propos de lui ad-
joindre quatre évêques, inquisi-

teurs-généraux , qu'il investit du droit de terminer , conjointement avec le grand-inquisiteur , toutes les affaires relatives à la foi. Ce moyen eût probablement produit quelques bons résultats, si Torquemada ne fût parvenu à rendre inutiles les dispositions du bref du pape. Il mourut en exerçant encore son cruel despotisme, et légua son système à ses successeurs.

« Torquemada était arrivé à inspirer une si grande terreur à tous les Espagnols, que plusieurs gentilshommes illustres jugèrent prudent de se montrer dévoués au saint-office, plutôt que de se faire ranger, tôt ou tard, dans la classe des sus-

pects, et s'offrirent volontairement
pour faire partie des *familiers* du
saint-office. Cet exemple, joint aux
prérogatives et aux immunités que
Ferdinand accorda aux membres de
cette espèce de congrégation, entraî-
nèrent un grand nombre de personnes des classes inférieures. C'est
ainsi que se recruta cette milice du
Christ, dont les légions s'accrurent
bientôt d'une manière tellement
monstrueuse, qu'il y eut des villes
où les *familiers* privilégiés se trouvaient plus nombreux que ceux des
habitans soumis aux charges mu-
nicipales. Ces *familiers* exerçaient
l'emploi de *gardes-du-corps* du
grand-inquisiteur-général et des in-

4.

quisiteurs provinciaux. En se faisant
recevoir dans cette confrérie, ils
s'engageaient à poursuivre les hérétiques et les personnes suspectes
d'hérésie, à fournir aux sergens et
aux sbires du saint-office tous les
secours dont ils pouvaient avoir besoin pour arrêter les accusés, et à
faire tout ce que les inquisiteurs
leur ordonneraient pour la punition des coupables. Parmi les *familiers* il y en avait dont le zèle allait
jusqu'à leur faire faire le métier
d'espion, de délateur et de provoca-
teur, pour l'amour de Dieu. Malheur à ceux qui comptaient des
familiers parmi leurs ennemis! La
liberté, la vie d'un citoyen dépen-

daient presque toujours d'un faux
rapport ou d'un faux témoignage : il
vivait avec la perspective des cachots,
des tortures et des bûchers.

« Parmi les supplices que les inquisiteur font endurer à leurs victimes, il faut placer, presque au
premier rang, ceux que les accusés
éprouvent durant leur emprisonnement. Les prisons du saint-office
sont, dans la plupart des villes, de
sales réduits de douze pieds de lon-
gueur sur dix de largeur, ne rece-
vant qu'un faible rayon de clarté
par une petite fenêtre percée tout-
à-fait en haut, de manière que les
prisonniers peuvent à peine distin-
guer les objets. La moitié de ces ré-

duits est occupée par une estrade
sur laquelle ils couchent; mais,
comme il y a à peine de la place
pour trois personnes, et que souvent
on en enferme le double dans chaque chambre, les plus robustes
sont obligés de dormir par terre,
où ils ont autant de place qu'on en
accorde aux morts pour leur sépulture. Ces chambres sont si humides
que les nattes qui servent à ces
malheureux se pourrissent en très
peu de temps. Les autres meubles
dont les cachots sont garnis consistent en quelques vases de terre pour
satisfaire aux besoins naturels; ces
vases ne sont vidés que toutes les
semaines, ce qui oblige les prison-

niers à vivre dans une atmosphère
si malsaine, que la plupart y trouvent la mort, et que ceux qui en
sortent sont si défigurés qu'on les
prendrait pour des cadavres ambu-
lans.

« Mais ce n'était pas assez de placer des hommes dans des lieux si
étroits et si infectés, il leur est encore défendu d'avoir des livres ou
toute autre chose qui pourrait leur
faire oublier un instant leur affreuse
situation. La plainte même leur
est interdite, et lorsqu'un malheureux prisonnier fait entendre
quelques gémissemens, on le punit
en lui mettant un bâillon pendant
plusieurs jours, et en le fouettant

cruellement le long des corridors,
lorsque le premier moyen n'a pas
suffi pour le forcer au silence. La
même punition du fouet est infligée
à ceux qui font du bruit dans leurs
chambres ou qui se disputent entre
eux; en pareil cas, on rend toute la
chambrée solidaire, et on les fouette
tous. Ce châtiment est exercé sur
toutes les personnes sans dictinction
du sexe et de l'âge, de sorte que
de jeunes demoiselles, des reli-
gieuses et des dames distinguées
sont dépouillées et battues impi-
toyablement.

« Tel est l'état des prisons du
saint-office et les traitemens que
l'on y fait éprouver aux prisonniers.

J'ai vu beaucoup de ces malheureux
se donner volontairement la mort
pour mettre un terme à leurs souffrances. D'autres, bien plus dignes
de pitié, sont tirés de leurs cachots
pour être conduits dans la *chambre
du tourment ;* là se trouvent les inquisiteurs et les bourreaux ; là tout
accusé qui a refusé de se déclarer
coupable, reçoit la *question.*

« Une grotte souterraine, où l'on
descend par une infinité de détours,
est le lieu destiné à l'application de
la torture ; le profond silence qui
règne dans cette *chambre du tourment* et l'appareil épouvantable des
instrumens du supplice, faiblement
éclairés par la lumière vacillante de

deux pâles flambeaux, remplissent
l'âme du patient d'une terreur mor-
telle. A peine est-il arrivé devant
les inquisiteurs, que les bourreaux,
vêtus d'une longue robe de treillis
noir et la tête couverte d'un capu-
chon de même étoffe, percé aux
endroits des yeux, du nez et de la
bouche, le saisissent et le dépouil-
lent nu jusqu'à la chemise. Alors
les inquisiteurs, joignant l'hypocrisie à la cruauté, exhortent la victime à confesser son crime ; et, si
elle persiste à nier, ils ordonnent
que la torture soit employée de la
manière et pendant le temps qu'ils
le jugeront convenable. Les inquisiteurs ne manquent jamais de pro-

tester qu'en cas de lésion, de mort ou de fractures de membres, le fait n'en doit être imputé qu'à l'accusé.

« Il y a trois manières d'appliquer la question : la corde, l'eau et le feu.

« Dans le premier cas, on lie derrière le dos les mains du patient, par le moyen d'une corde passée dans une poulie attachée à la voûte, et les bourreaux l'enlèvent aussi haut que possible. Après l'avoir laissé quelque temps ainsi suspendu, on lâche la corde, afin que le malheureux torturé tombe tout à coup jusqu'à un demi-pied de distance de la terre. Cette terrible secousse disloque toutes les jointures, et la corde qui serre les poignets entre souvent dans les chairs jusqu'aux nerfs. Ce supplice, renouvelé pendant plus d'une heure, laisse très-souvent le patient sans force et sans mouvement ; mais ce n'est qu'après que le médecin de l'inquisition a déclaré que le torturé ne peut supporter plus long-temps la question sans mourir, que les inquisiteurs le renvoient dans sa prison : on le laisse en proie à ses souffrances et à son désespoir jusqu'au moment où le saint-office lui fait préparer une torture encore plus horrible.

« Cette question est donnée au moyen de l'eau. Les bourreaux étendent la victime sur une espèce de

chevalet de bois, en forme de gout-
tière, propre à recevoir le corps d'un
homme, sans autre fond qu'un bâton qui le traverse, et sur lequel le
corps, tombant en arrière, se courbe
par l'effet du mécanisme du chevalet, et prend une position telle que
les pieds se trouvent plus haut que
la tête. Il résulte de cette situation
que la respiration devient très-pénible, et que le patient éprouve les
plus vives douleurs dans tous ses
membres, par l'effet de la pression
des cordes, dont les tours pénètrent
dans les chairs et font jaillir le sang,
même avant qu'on ait employé le
garrot. C'est dans cette cruelle position que les bourreaux introduisent,

au fond de la gorge de la victime ,
un linge fin , mouillé , dont une partie lui couvre les narines ; on lui
verse ensuite de l'eau dans la bouche
et dans le nez , et on la laisse filtrer
avec tant de lenteur , qu'il ne faut
pas moins d'une heure pour qu'il en
ait avalé un litre , quoiqu'elle des-
cende sans interruption. Ainsi le patient ne trouve aucun intervalle
pour respirer : à chaque instant il
fait un effort pour avaler , espérant
donner passage à un peu d'air ; mais
comme le linge mouillé est placé
pour y mettre obstacle et que l'eau
entre en même temps par les narines , vous concevez tout ce que
cette nouvelle combinaison doit op-

poser de difficulté à la fonction la plus importante de la vie. Aussi arrive-t-il souvent que, lorsque la question est finie, on retire du fond de la gorge le linge tout imbibé du sang de quelques vaisseaux qui se sont rompus par les grands efforts du malheureux torturé. Il faut encore ajouter qu'à chaque instant un bras nerveux tourne le fatal billot, et qu'à chaque tour, les cordes qui entourent les bras et les jambes pénètrent jusqu'aux os.

« Si, par ce second tourment, ils ne peuvent obtenir aucun aveu, les inquisiteurs ont ensuite recours au *feu*. Pour appliquer cette question, les bourreaux commencent par at-

tacher les mains et les jambes du patient, de manière qu'il ne peut pas
changer de position : ils lui frottent
alors les pieds avec de l'huile, du
lard et autres matières pénétrantes,
et les lui placent devant un feu ardent jusqu'à ce que la chair soit tellement crevassée, que les nerfs et
les os paraissent de toutes parts.

« Tels sont les moyens barbares
que l'inquisition d'Espagne emploie
pour faire avouer à ses victimes des
crimes souvent imaginaires.

« — Il faut, reprend Ozmin,
être bien robuste pour supporter
ces cruelles épreuves.

« Elles sont renouvelées plusieurs
fois durant le cours de l'instruction

de la procédure, de manière qu'à
peine un accusé commence à repren-
dre quelques forces, qu'on le sou-
met à une nouvelle question. Enfin
les choses sont poussées si loin par
les inquisiteurs, que le conseil de
la *Suprême* se voit obligé de leur défendre d'appliquer plus d'une fois
la torture à la même personne; mais
ces moines, froidement barbares,
trouvent bientôt le moyen d'éluder
cette défense, et, par une escobar-
derie qu'il est impossible de quali-
fier, lorsqu'ils ont torturé un malheureux pendant une heure, ils le
renvoient dans les prisons en dé-
clarant que la question est *suspendue* jusqu'au moment où ils juge-

ront à propos de la *continuer*. C'est
ainsi qu'ils lassent les prévenus et
les forcent presque toujours à s'a-
vouer plus coupables qu'ils ne le
sont réellement ; fatigués de souffrir, la mort leur semble un soula-
gement ; plusieurs se la donnent eux-
mêmes dans les prisons , et les autres voient sans peine les préparatifs
de l'*auto-da-fé* qui va les livrer aux
flammes.

« Passons au second inquisiteur-
général , Deza. L'abus que le premier inquisiteur-général d'Espagne,
Thomas Torquemada , avait fait de
ses immenses pouvoirs, ses cruautés et la conduite barbare des inquisitions provinciales , auraient dû

faire renoncer au projet de lui donner un successeur, et hâter l'aboli-
tion d'un tribunal de sang si opposé
à la douceur de l'évangile ; mais Ferdinand et Isabelle étaient trop aveu-
glés pour profiter d'une circonstance aussi favorable. Non-seule-
ment ils la laissèrent échapper, mais
ils s'empressèrent de proposer au
pape, pour successeur de Torquemada, le dominicain Dièguc Deza,
qui avait été successivement évêque
de Zamora, de Salamanque et de
Palencia.

« Le pape signa ses bulles de con-
firmation, en bornant toutefois l'autorité de ce second inquisiteur-général aux affaires du royaume de

4.   7.

Castille. Deza fut mécontent d'une restriction qui le laissait sans influence sur le royaume d'Aragon, et il refusa d'accepter jusqu'au moment où le pape l'investit des mêmes droits accordés à Torquemada.

« Ce second inquisiteur-général ne montra pas moins de sévérité que son prédécesseur. A peine eut-il commencé à exercer ses fonctions, qu'il rédigea de nouvelles ordonnances pour donner plus d'activité au tribunal de l'inquisition, comme si la rigueur de Torquemada n'avait pas été assez grande, et s'il eût manqué quelque chose à cette partie du système inquisitorial. Deza ajouta, en même temps, quelques articles re-

latifs à la confiscation , constant objet de l'attention du roi et du saint-
office.

« Comme son zèle et son ambition
n'avaient point de bornes , il ne tarda point à proposer au roi Ferdinand
d'établir l'inquisition en Sicile et à
Naples sur le nouveau plan, et de la
subordonner, dans ces deux pays ,
à l'autorité de l'inquisiteur-général
d'Espagne, au lieu de la laisser sous
la dépendance de la cour de Rome.
Le monarque adopta cette proposition, et entreprit de faire recevoir,
d'abord en Sicile, le tribunal du
saint-office tel qu'il existait en Espagne ; mais les Siciliens lui oppo-
sèrent une longue résistance : il fal-

lut apaiser bien des mouvemens et tenir pendant trois ans les troupes toujours en haleine, avant que le grand-inquisiteur subdélégué pût commencer ses fonctions. Les inquisiteurs l'emportèrent enfin, et, au bout de quelques années, ils étaient déjà aussi insolens en Sicile qu'en Espagne. Cependant le peuple ne pouvait s'habituer à ce nouveau système inquisitorial, et n'attendait qu'une occasion favorable pour s'en affranchir; et elle se présenta bientôt.

« Un soulèvement général contre l'inquisition eut lieu dans toute l'île; les prisonniers furent délivrés, et le joug des inquisiteurs aurait été secoué à jamais, si la Sicile avait pu résister plus tard à la puissance formidable de Charles-Quint : l'inquisition lui fut alors imposée une seconde fois.

« Le royaume de Naples eut plus de bonheur : la résistance de ses habitans fut si opiniâtre, que le vice-roi se vit obligé d'abandonner le dessein de Ferdinand, et de lui faire connaître tout le danger qu'il y avait à combattre une opposition aussi prononcée. Ferdinand finit par déclarer qu'il serait satisfait, si les Napolitains chassaient de leur ville tous les nouveaux chrétiens qui s'y étaient réfugiés en quittant l'Espagne; ce qui ne lui fut pas même accordé, tant les Napolitains, qui n'aimaient cependant pas les *Mar-ranos*, avaient en horreur le système de l'inquisition espagnole.

« Pour compenser l'échec qu'il venait d'éprouver à Naples, l'inquisiteur général Deza persuada à Ferdinand qu'il fallait établir l'inquisition dans le royaume de Grenade. La reine, qui avait promis aux Maures baptisés de ne point les soumettre au saint-office, rejeta d'abord cette proposition; mais Deza s'y prit si adroitement, qu'il obtint d'elle que les inquisiteurs de Cordoue pourraient étendre leur juridiction sur le territoire du royaume de Grenade : ce qui remplissait parfaitement son but.

« L'inquisiteur principal de Cordoue était alors don Rodriguez de
Lucero, auquel on donna, par anti-
phrase, le nom de *tenebrero* (téné-
breux). La dureté excessive de son
caractère causa tant de maux aux
Mauresques, qu'ils se révoltèrent
et donnèrent de graves inquiétudes
au roi et à la reine, dont les forces
ne parvinrent à soumettre ce peuple belliqueux qu'après une longue
lutte. Le résultat de cette révolte
eut les suites les plus désastreuses
pour les Mauresques; car, quelque
temps après, leurs majestés Ferdinand et Isabelle prirent envers
ces malheureux les mêmes mesures
qu'ils avaient décrétées déjà con-

tre les juifs. Tous les Maures libres
de l'un et de l'autre sexe reçurent
l'ordre de quitter le royaume d'Espagne dans le délai de trois mois.
Ce second acte impolitique de la
part de Ferdinand fit encore émigrer en Afrique une grande quantité de familles maures. Ainsi l'inquisition décimait l'Espagne par
tous les moyens possibles, et lui
avait enlevé, en peu d'années, près
de trois millions d'habitans.

« Deza n'était pas moins animé
contre les Israélites que son prédécesseur Torquemada. Non content
d'avoir provoqué l'expulsion des
Maures, il proposa au roi d'appliquer le décret d'expulsion à un grand

nombre de juifs étrangers qui étaient arrivés dans le royaume depuis quelques années. Cette nouvelle mesure priva encore l'Espagne de la majeure partie de ces hommes industrieux, dont quelques-uns seulement acceptèrent le baptême et les autres conditions humiliantes qui leur furent imposées, pour pouvoir résider dans les États de sa majesté très-catholique.

« A peu près à la même époque, et toujours à la suite des sollicitations de l'inquisiteur général Deza, Ferdinand permit aux inquisiteurs d'Aragon, malgré le serment qu'il avait fait d'observer les statuts de ce royaume, de connaître du péché

d'usure; ce délit n'avait été poursuivi jusqu'alors que par les juges
séculiers. Les inquisiteurs ne furent
pas plus tôt autorisés à s'en emparer,
que les prisons du saint-office s'en-
combrèrent de gens auxquels on reprochait ces sortes d'affaires.

« Bientôt après, les inquisiteurs
s'attribuèrent également la connaissance du péché de sodomie, sous
prétexte qu'il devait être soumis à
la même juridiction que toutes les
affaires de la foi. Dix personnes
coupables de ce crime figurèrent
dans un *auto-da-fé* qui eut lieu à
Séville la semaine dernière, et subirent le supplice du bûcher. Il me
paraît nécessaire de faire observer

ici qu'au moment où les inquisiteurs d'Aragon avaient fait enfermer
dans les prisons du saint-office plusieurs prêtres de Saragosse accusés de sodomie, l'archevêque de
cette ville obtint un bref du pape,
qui renvoyait les prévenus devant
les juges ordinaires, et cela après
qu'on avait déjà condamné et brûlé
un grand nombre de sodomistes.
Cette circonstance est d'autant plus
remarquable, que tout en relâchant
les prêtres et les moines arrêtés
pour ce crime, les inquisiteurs
continuèrent à poursuivre, pour le
même fait, les laïques de toutes les
classes, parmi lesquels se trouva
compromis le vice-chancelier d'Ara-

gon , qui ne dut son acquittement qu'à son nom et à son crédit.

« Le grand inquisiteur Deza avait accordé toute sa confiance à l'inquisiteur de Cordoue, Lucero, dont l'inhumanité eut les suites les plus graves. Lucero avait pris l'habitude de déclarer presque tous les accusés coupables de réticence, et de les faire condamner comme *faux pénitens*. Cet abominable système coûta la vie à un grand nombre de malheureux ; une plus grande quantité encore gémissait dans les prisons lorsque je fus nommé médecin de M. le gouverneur de Castille.

Ce prince, instruit de la cruauté de l'inquisiteur général et de son ami

Lucero, ordonna à Deza de se retirer dans son archevêché de Séville, et de déléguer ses pouvoirs à don Ramirez de Guzman, évêque de Catane. Il suspendit aussi de leurs fonctions l'inquisiteur Lucero et les autres juges du tribunal de Cordoue, et fit soumettre à l'examen du conseil de la *Suprême* toutes les affaires entamées par Lucero. Elles se seraient heureusement terminées sans la mort du prince, qui eut lieu trois mois après son avénement au trône.

« A peine Deza eut-il appris la mort du roi qu'il annula la délégation, et reprit ses fonctions d'inquisiteur général. Il cassa tout ce qui

avait été fait pendant sa retraite, et
les prisons se remplirent de nouvelles victimes. Les habitans de
Cordoue, fatigués du joug de l'inquisiteur Lucero, que Deza venait
de rétablir, se soulevèrent, forcè-
rent les prisons, et en firent sortir
les détenus, dont le nombre était
incalculable. Le procureur fiscal,
le greffier et plusieurs employés subalternes du tribunal furent arrêtés; Lucero ne dut son salut qu'à
une prompte fuite. Ces événemens,
joints à l'arrivée en Espagne de
Ferdinand V, régent du royaume,
inspirèrent tant de crainte à l'inquisiteur Deza, qu'il renonça lui-
même à son emploi, et se retira

dans son diocèse, où il mourut haï de tous les Espagnols.

« Deza persécuta d'une manière indigne le vénérable archevêque de Grenade, Ferdinand de Talavera, et le sage Antoine de Lebrija, qui fut dénoncé au saint-office par des théologiens scolastiques, pour avoir découvert et corrigé plusieurs erreurs qui s'étaient glissées dans le texte latin de la Vulgate par la faute des copistes. L'archevêque de Grenade fut unanimement acquitté dans une assemblée de cardinaux, que le pape avait convoquée en évoquant cette affaire. Lebrija sortit des prisons quelque temps après la retraite de Deza.

« Pendant le règne inquisitorial
de cet archevêque, deux mille cinq
cent quatre-vingt-douze individus
furent brûlés vifs ; huit cent vingt-
neuf le furent en effigie, et trente-
deux mille neuf cent cinquante-
deux subirent l'emprisonnement ou
les galères avec confiscation de leurs
biens. Ce qui ajoutait encore à toute
l'horreur que l'inquisition inspirait,
c'était la conduite intolérable des
agens de ce tribunal : ils volaient,
ils tuaient impunément, et outra-
geaient sans honte les filles et les
femmes qui avaient le malheur de
tomber entre leurs mains. Ce scan-
dale fut souvent la cause que le peuple se souleva contre le saint-office,

et qu'il maltraita plus d'un inquisiteur ; mais le mal ne pouvait être réparé que par les rois et les papes , et les uns et les autres ne songèrent jamais qu'à leur propre intérêt.

« Voici la description d'un *auto-da-fé*. Le saint-office est dans l'habitude de célébrer deux sortes d'*auto-da-fé* : les *auto-da-fé* particuliers et les *auto-da-fé* généraux.

« Les *auto-da-fé* particuliers ont lieu plusieurs fois par année, à des époques fixes, telles que l'avant-dernier vendredi de carême et autres jours déterminés par les inquisiteurs. Le nombre des victimes qui figurent dans ces exécutions partielles est toujours moindre que

doit avoir lieu l'*auto-da-fé* est la
résidence royale. A l'extrémité et
sur toute la largeur de ce théâtre
s'élève, à la droite du balcon du
roi, un amphithéâtre de vingt-cinq
à trente degrés destinés pour le
conseil de la Suprême et pour les
autres conseils d'Espagne. Au-des-
sus de ces degrés, l'on voit, sous
un dais, le fauteuil du grand inquisiteur, qui se trouve beaucoup
plus élevé que le balcon du roi. A
la gauche du théâtre et du balcon,
on dresse un second amphithéâtre
où les condamnés doivent être placés. Au milieu du grand théâtre, il
y en a un autre fort petit qui soutient
deux espèces de cages en bois, ou-

vertes par le haut, dans lesquelles on place les condamnés pendant la lecture de leur sentence. En face de ces cages se trouvent deux chaires, une pour le relateur ou lecteur des jugemens, l'autre pour le prédicateur; et enfin, on dresse un autel auprès de la place des conseillers.

« Le roi, la famille royale, ainsi que toutes les dames de la cour, occupent le balcon royal. D'autres balcons sont également préparés pour les ambassadeurs et les grands de la couronne, et des échafauds pour le peuple.

« Un mois après la publication de l'*auto-da-fé*, la cérémonie com-

mence par une procession composée
de charbonniers, de dominicains et
de familiers, qui part de l'église
et se rend sur la grande place; elle
s'en retourne après avoir planté,
près de l'autel, une croix verte,
entourée d'un crêpe noir, et l'étendard de l'inquisition. Les dominicains seuls restent sur le théâtre, et
passent une partie de la nuit à psal-
modier et à célébrer des messes.

« A sept heures du matin, le roi,
la reine et toute la cour paraissent
sur les balcons.

« A huit heures, la procession
sort du palais de l'inquisition, et
se rend sur la place dans l'ordre
suivant :

« 1° Cent charbonniers, armés de piques et de mousquets. Ils ont le droit de faire partie de la procession, parce qu'ils fournissent le bois destiné à brûler les hérétiques.

« 2° Les dominicains, précédés d'une croix blanche.

« 3° L'étendard de l'inquisition, porté par le duc de Médina-Céli, suivant le privilége de sa famille. Cet étendard est de damas rouge, sur lequel sont brodés d'un côté les armes d'Espagne, de l'autre une épée nue, entourée d'une couronne de lauriers.

« 4° Les grands d'Espagne et les *familiers* de l'inquisition.

« 5° Toutes les victimes, sans distinction de sexe, placées suivant les peines plus ou moins sévères auxquelles elles sont condamnées.

« Celles condamnées à de légères pénitences marchent les premières, la tête et les pieds nus, revêtues d'un *san-benito* de toile, avec une grande croix de Saint-André jaune sur la poitrine et une autre sur le dos. Après cette classe, marche celle des condamnés au fouet, aux galères et à l'emprisonnement. Viennent ensuite ceux qui, ayant évité le feu en avouant après leur jugement, doivent être étranglés seulement; ils portent un *san-benito*, sur lequel sont peints des diables et des flammes ; un bonnet de carton de trois pieds de haut, appelé *coroza*, peint comme le *san-benito*, est placé sur leur tête.

« Les obstinés, les relaps et tous ceux qui doivent être brûlés vifs, marchent les derniers, vêtus comme les précédens, avec la différence que les flammes peintes sur leurs *san-benito* sont ascendantes. Parmi ces malheureux, il y en a souvent qui marchent bâillonnés. Tous ceux qui doivent mourir sont accompagnés de deux *familiers* et de deux religieux. Chaque condamné tient à la main un cierge de cire jaune.

« Après les victimes vivantes, on porte les statues en carton des con-

damnés au feu, morts avant l'*auto-
da-fé*; leurs os sont aussi portés
dans des coffres.

« Une grande cavalcade, composée des conseillers de la *Suprême*,
des inquisiteurs et du clergé, ferme
la marche. Le grand inquisiteur est
le dernier, vêtu d'un habit violet :
il se fait escorter par ses *gardes-du-
corps*.

« Dès que la procession est arrivée sur la place, et que chacun s'est
assis, un prêtre commence la messe
jusqu'à l'évangile. Le grand inquisiteur descend alors de son fauteuil,
et, après s'être fait revêtir d'une
chape et d'une mitre, il s'approche
du balcon où est le roi pour lui

faire prononcer le serment par lequel les rois d'Espagne s'obligent de protéger la foi catholique, d'extirper les hérésies, et d'appuyer de toute leur autorité les procédures de l'inquisition. Sa majesté très-catholique, debout, la tête nue, jure de l'observer. Le même serment est prêté par toute l'assemblée.

« Un dominicain monte ensuite dans la chaire, et fait un sermon contre les hérésies, rempli de louanges de l'inquisition. Dès que le sermon est fini, le relateur du saint-office commence à lire les sentences ; chaque condamné entend la sienne à genoux dans la cage, et retourne ensuite à sa place. »

« À la fin de cette lecture, le
grand-inquisiteur quitte son siége,
et prononce l'absolution de ceux
qui sont réconciliés ; quant aux malheureux condamnés à perdre la vie,
ils sont livrés au bras séculier, placés sur des ânes, et conduits au
quemadero pour y recevoir la mort.
Là se trouvent autant de bûchers
qu'il y a de victimes. On commence
par les statues et les os des morts
que l'on brûle ; après les statues, on
attache successivement tous les con-
dámnés aux poteaux élevés au milieu de chaque bûcher, et l'on y
met le feu. La seule grâce que
l'on fait à ces malheureux, c'est de
leur demander s'ils veulent mourir

en bons chrétiens ; dans ce cas, le bourreau les étrangle avant de mettre le feu au bûcher.

Les réconciliés condamnés à la prison perpétuelle, aux galères et au fouet, sont ramenés dans les prisons du saint-office, d'où ils sortent pour subir les pénitences qui leur sont imposées, et pour êtré conduits à leur destination.

« Voilà, mon fils, les formalités et les cérémonies employées dans ces barbares exécutions, que l'on a osé appeler *actes de foi*, et auxquelles le roi et la cour assistent comme à une grande fête. » Au même moment, un bruit de verrou se fit entendre ; c'était Ozmin que l'on venait chercher.

CHAPITRE XX.

Une grande âme se soulève à l'idée d'une injustice ; elle s'épanouit au triomphe de l'innocence.

L'honneur fait braver le danger ; la générosité le fait disparaître.

PENDANT la captivité d'Ozmin, le fidèle Zuniga avait été averti un des premiers du sévère jugement rendu

contre son brave ami , et trouva le
moyen de le faire savoir à ses dames
par un billet, en les assurant qu'il
périrait, lui et trois cents hommes
qu'il avait assemblés , plutôt que de
souffrir une pareille injustice. Jugez
du désespoir d'Elvire et de Daraxa
en apprenant cette fatale nouvelle.

L'idée du traitement ignominieux
qu'on préparait à son cher Ozmin
lui troubla peu à peu l'esprit. Elle
s'arma d'un poignard , et fut trouver don Louis ; et le rencontrant
à son retour du palais, où il avait
passé toute la matinée, elle lança
sur lui un regard furieux, et lui
dit, avec un transport qui mar-
quait bien le désordre de son âme :

« Barbare! êtes-vous satisfait de votre
ouvrage? D'injustes et lâches juges
n'ont pas eu honte de servir votre
ressentiment aux dépens de l'innocence; mais ne croyez pas verser
impunément le sang d'un cavalier
que votre crédit opprime : c'est mon
amant, mon époux; c'est un parent
du roi de Grenade et non un galant
de votre fille : un homme tel que lui
n'est pas fait pour elle. Votre tête
me répondra de la sienne. Ozmin
trouvera des vengeurs parmi ses parens ou parmi les miens; ou , si vous
échappez à leurs coups , moi-même
je vous percerai le cœur avec ce fer. »

A ces emportemens, qui ne faisaient que trop connaître l'intérêt

que Daraxa prenait à la vie du prisonnier, don Louis demeura tout interdit; il ne savait quelle réponse lui faire, tant il était plein de trouble et de confusion. Il lui dit pourtant qu'elle avait tort de ne l'avoir pas plus tôt averti de la qualité du faux Ambrosio, contre lequel il ne disconvenait point qu'il eût sollicité les juges, s'imaginant qu'il avait déshonoré sa maison.

La belle Maure allait lui déclarer que ce n'était pas la faute d'Ozmin si Elvire avait conçu pour lui un fol amour; mais dans ce moment un domestique vint dire tout bas au marquis qu'il y avait à la porte des équipages et un grand nombre de

Maures qui demandaient à parler à
Daraxa.

A cette nouvelle, don Louis parut
un peu embarrassé ; il pria la dame
de lui permettre de la quitter pour
un instant. Comme elle n'avait point
entendu ce que le domestique avait
dit tout bas, et qu'elle voulait tout
savoir, dans l'inquiétude qui l'agi-
tait, elle suivit le marquis, et entra
dans une salle, où, par une jalou-
sie, elle aperçut dans la rue des Gre-
nadins de sa connaissance, et pour
la plupart serviteurs de son père.
Leur arrivée inattendue enchanta
d'abord ses ennuis ; la joie s'em-
para de son cœur, surtout quand un
officier de son père se présenta de-

vant elle, conduit par don Louis.

L'officier, après avoir rendu ses devoirs à cette dame, lui annonça la prise de la ville de Grenade et la fin de la guerre. Il lui apprit en même temps que son père ayant obtenu de leurs majestés catholiques la permission de la rappeler, il lui envoyait un équipage et une suite de gens convenable à une personne de sa naissance; qu'il ne doutait pas qu'elle ne fût déjà informée de tout par le courrier que la reine avait dépêché au marquis de Padilla, et par les lettres qu'elle devait avoir reçues. Ce fut un nouveau sujet de confusion pour le vieux seigneur de se voir obligé de faire des excuses à

Daraxa de ne lui avoir pas encore remis les lettres qui lui étaient destinées.

La joie de la belle Maure ne dura que le temps que l'on mit à lui donner des nouvelles de son père. Le souvenir d'Ozmin et le danger où il se trouvait vinrent bientôt renouveler sa douleur. Cette amante affligée chargea l'officier et Orviédo, dont il était accompagné, d'aller demander de sa part une audience publique aux juges de Séville, qui s'étaient assemblés de nouveau pour délibérer sur un avis qu'ils avaient reçu, que la maison de don Alonze se remplissait de cavaliers, qui arrivaient de la campagne dans le dessein de sauver

son ami; de sorte que les juges,
pour prévenir cette entreprise, s'é-
taient déjà entendus pour faire mourir le coupable dans sa prison.

Ils furent assez surpris de la demande de Daraxa; il n'y avait pas
d'exemple qu'une femme se fût encore avisée de venir en cérémonie
parler publiquement à des juges, et
ils ne savaient à quoi se déterminer :
les plus vieux ne jugeaient point à
propos qu'on écoutât la belle Maure;
mais les jeunes étaient d'un avis
contraire.

La curiosité de savoir ce qu'elle
avait à leur dire, la considération
qu'ils avaient pour une dame que la
reine aimait, et, plus que tout le

reste, le plaisir de la voir, ces trois
choses prévalurent, et l'on décida que
sur les six heures du soir on lui don-
nerait audience. Daraxa, qui avait
craint d'être refusée, augura bien
de ce qu'on la lui accordait. Elle
envoya aussitôt Orviédo avertir don
Alonze de la démarche qu'elle voulait faire, en le priant de l'accompagner au palais.

Zuniga, charmé de l'honneur que
lui faisait sa chère Maure de le choi-
sir pour son écuyer, n'eut garde de
le céder à un autre ; et, tout incom-
modé qu'il était, il ne songea qu'à
se préparer à cette cavalcade. Il
n'eut pas à chercher bien loin les
cavaliers qu'il voulait employer,

puisqu'ils étaient chez lui bien dis-
posés à le suivre partout où il y
aurait du danger. Il les conduisit,
sur les cinq heures, à la maison de don
Louis, où se trouvaient réunis à la
porte plus de deux cents cavaliers
maures qui venaient chercher Daraxa : on l'introduisit chez cette
dame.

Don Louis s'offrit pour l'accompagner ; mais elle le remercia en
lui disant qu'elle était bien aise de
lui épargner la mortification de la
voir solliciter pour un homme contre lequel il s'était déclaré si ouver-
tement, ou, pour mieux dire, dont
il était la partie adverse.

CHAPITRE XXI.

Les femmes ont le germe de toutes les vertus ; mais c'est aux hommes à le développer. Mal élevées, mal mariées, mal entourées , comment les femmes pourraient-elles se bien conduire ?

Le vieux marquis, piqué au vif de ce refus, se serait volontiers opposé à la résolution de la dame, ou

du moins l'aurait rendue inutile, s'il
en eût eu le temps et le pouvoir ; mais
il était trop tard pour y mettre obstacle. Il fut donc obligé de dévorer
son désespoir, qui se laissait aper-
cevoir sur son visage, malgré tous
les efforts qu'il faisait pour le cacher.
Enfin, Daraxa sortit de chez ce
seigneur sans s'embarrasser des dé-
plaisirs dont il était la proie. Elle
trouva don Alonze qui l'attendait à
pied à la porte, avec les plus nobles
cavaliers de sa troupe, pour lui
faire compliment ; Daraxa s'efforça
de leur montrer sa reconnaissance
et sa joie, malgré la profonde tristesse dans laquelle son âme était
ensevelie. Elle assura don Alonze

qu'elle n'oublierait jamais l'obligation qu'elle lui avait ; à quoi Zuniga
répondit, en homme amoureux et
poli, qu'il ne pouvait assez la *re-
mercier* de ce qu'elle voulait bien
se servir de lui et de ses amis pour
la conduire au palais, où elle allait
s'immortaliser par une action hé-
roïque. Ce cavalier et ses nombreux
amis croyaient pieusement que la
belle Maure ne s'intéressait au prisonnier que par amitié pour dona
Elvire ; de manière qu'ils admi-
raient la générosité de cette démarche.

Après les complimens de part et
d'autre, on vit Daraxa monter à
cheval avec sa grâce ordinaire. Don

Alonze et ceux qui avaient mis pied à
terre en firent autant, et la cavalcade commença aussitôt à défiler.
Quatre cents Maures bien montés et
bien équipés marchaient les premiers, ayant à leur tête Orviédo et
l'officier dont j'ai parlé; la jeune
Maure les suivait, placée entre don
Alonze et don Diégo de Castro, et
toute la noblesse venait ensuite six
par six et en bon ordre.

Quoiqu'on eût employé fort peu
de temps à préparer cette cavalcade,
cela n'empêcha pas que le bruit
s'en répandît par toute la ville. Le
peuple, aussi curieux de voir passer
la belle Maure que d'apprendre ce
qu'elle allait faire au palais, se ré-

pandit dans les rues pour se trouver sur son passage. Elle n'avait rien négligé de tout ce qui pouvait relever sa beauté dans une occasion si importante. Tous les spectateurs en furent éblouis ; mais ce qui les surprenait davantage, c'était la grâce et la facilité qu'elle montrait à manier son cheval ; ce qui n'était pas ordinaire aux dames espagnoles.

La cavalcade étant arrivée sur la place qui est devant le palais, don Alonze rangea ses cavaliers en bataille, et les juges envoyèrent recevoir la belle Maure par deux huissiers, qui la conduisirent jusqu'à la porte de la première salle ; ensuite deux magistrats qui l'attendaient

sur les marches du grand escalier
lui rendirent tous les honneurs
qu'ils auraient pu faire à une princesse du sang, et la conduisirent à
l'audience.

Don Alonze et tous les principaux
cavaliers qui avaient mis pied à
terre en même temps que Daraxa,
la suivirent et entrèrent aussi dans
la salle où les juges étaient assemblés; ce qui les surprit un peu, et
leur causa quelque inquiétude.
Néanmoins, faisant bonne conte-
nance, ils parurent donner toute
leur attention à la dame maure, qui
charma tout le monde par l'air libre
et majestueux avec lequel elle se
présenta devant le tribunal de jus-

tice. On lui avait préparé un fauteuil avec un carreau et un tapis de pied ; elle s'assit, et, après avoir porté la vue sur les juges, elle éleva la voix, et fit entendre le discours suivant :

« Messieurs, il n'y a qu'une raison aussi forte que celle qui m'amène ici qui puisse justifier la démarche que je fais. Je sais les règles que la bienséance prescrit aux personnes de mon sexe ; mais il y a des occasions où l'on doit passer par-dessus ces règles : telle est la situation dans laquelle je me trouve.

« Je viens, Messieurs, implorer votre justice contre vous-mêmes. On prétend exécuter demain une sentence de mort que vous avez rendue

dernièrement contre un homme
qui a repoussé la force par la force.
Des assassins voulaient lui ôter la
vie, il s'est défendu; voilà tout son
crime. C'est un fait constant. J'en
ai moi-même été témoin, ainsi que
dona Elvire, et deux femmes qui
étaient avec nous dans le bois. Quoi!
deux paysans viendront attaquer,
je dirai plus, assommer de coups de
bâton deux cavaliers qui ne songent
point à eux, et il ne sera pas permis
à ces cavaliers de chercher à se ga-
rantir par leur courage du sort fu-
neste qu'on leur prépare?

« Quand le fils du bailli, avec
deux autres armés comme lui de
longues épées, est venu fondre sur

deux hommes qui n'avaient pour
toute défense qu'un simple bâton,
quel crime ont donc commis ces
cavaliers en se mettant en défense
contre des scélérats? Qui d'entre
vous, Messieurs, se trouvant dans
le même danger, ne ferait pas tous
ses efforts pour tuer son ennemi,
s'il ne voyait pas d'autre moyen de
conserver sa vie? Mais pourquoi
m'étendre là-dessus? Vous savez
mieux que moi que c'est une loi na-
turelle. On dit que le fils du bailli
s'est mépris : eh qu'importe! sa
méprise ne justifie point son action,
et ne saurait rendre coupables les
personnes qu'il a voulu assassiner.

« Je ne vous en dirai pas davan-

tage, Messieurs, de peur de vous
ennuyer. Je vous apprendrai seulement ce qui m'oblige à m'intéresser
pour votre prisonnier; ce n'est pas
un gentilhomme d'Aragon, ce n'est
pas don Jaymé Vivès; c'est le brave
Ozmin, dont le nom seul est si
connu parmi vos troupes, et qui
s'est rendu si recommandable par
un grand nombre d'exploits écla-
tans; c'est lui qui le jour des courses tua les deux derniers taureaux,
et sauva la vie à don Alonze de Zuniga : mais ce qui m'engage plus
que toutes ses grandes qualités à
venir vous trouver pour plaider en
sa faveur, c'est qu'il est mon époux.
Oui, Messieurs, j'ose appeler de ce

nom un homme qui, de l'aveu de nos parens, m'a donné sa foi et a reçu la mienne. Délibérez maintenant avant que de faire exécuter la sentence de mort que vous avez prononcée injustement contre un cavalier du sang du roi Mahomet, et que vous ne deviez pas condamner si légèrement. »

La belle Maure n'eut pas achevé de parler, qu'il s'éleva dans la salle un bruit dont les juges furent effrayés, tout le monde disant à haute voix que le prisonnier était innocent et qu'il fallait lui rendre la liberté. Alors le grand juge fit faire silence; puis, adressant la parole à la dame, il lui dit en présence

des avocats réunis, que les juges
avaient sans doute été mal informés
de cette affaire, qu'ils l'examine-
raient de nouveau cejourd'hui même
séance tenante.

Les assistans se récrièrent sur-le-
champ, « le prisonnier en liberté, »
menaçant d'aller enfoncer les portes
de la prison, si l'on refusait de le
faire sortir. Le grand juge qui avait
parlé répondit aux assistans qu'a-
près un jugement rendu, il ne dé-
pendait pas de lui seul d'élargir
ainsi un prisonnier, et que tout ce
qu'il pouvait faire, c'était de sur-
seoir à l'exécution de la sentence jusqu'à ce qu'on eût reçu des ordres de
leurs majestés catholiques, à qui

seules appartenait le droit de dé-
truire son plaidoyer. Là-dessus,
Daraxa pria les juges de lui permettre de voir Ozmin, ce qu'elle obtint
d'eux sans peine, à condition qu'il
n'entrerait avec elle que quatre personnes dans la prison, et qu'elle
promettrait qu'il n'y serait fait au-
cune violence.

La cavalcade prit le chemin de la
prison dans le même ordre qu'elle
était venue au palais, et la belle
Maure choisit pour y entrer avec
elle don Alonze, don Diégo de Castro, Orviédo et l'officier maure.

L'agréable surprise pour Ozmin
lorsqu'il vit paraître dans son cachot don Alonze et Daraxa, et qu'il

sut ce que sa maîtresse venait de
faire pour lui! La joie d'Ozmin éga-
lait celle de son amante; leur cœur
nageait pour ainsi dire dans un ra-
vissement difficile à exprimer ; le
plaisir brillait dans leurs yeux. Zuniga, de son côté, partageait avec
ces amans le plaisir qu'ils avaient de
se revoir ; il embrassait son ami avec
des transports de tendresse, comme
s'il n'eût plus été son rival : son
amour se confondait avec son amitié. Il ne cessait, en lui donnant des
marques de l'amitié la plus tendre,
de lui reprocher le peu de confiance
qu'il avait eu en lui, et le menaçait
en souriant d'être toute sa vie amoureux de la belle Maure, pour se

venger de la dissimulation dont il
avait été victime.

Ce reproche lui attira des dou-
ceurs de la part de Daraxa, qui lui
dit qu'après Ozmin il serait toujours
l'homme du monde qui aurait le
plus de part à son estime, et Ozmin
l'assura qu'après Daraxa il n'aurait
jamais d'autre ami que lui. Ils
s'embrassèrent en se jurant fidélité
pour la vie.

Ensuite, il présenta son ami don
Diègue au seigneur maure, comme un cavalier dont le mérite éga-
lait la naissance; et, là-dessus, ils se
firent de nouvelles protestations
d'amitié, et parlèrent ensuite de
l'affaire la plus importante; il fut

résolu qu'on enverrait sur-le-champ
demander la grâce d'Ozmin et celle
du pauvre médecin juif; on dépêcha
Orviédo, qui partit pour Grenade
avec des lettres pour les parens du
prisonnier et pour ceux de Daraxa.

Orviédo fit une si grande dili-
gence, qu'au bout de trois jours il
fut de retour à Séville avec la grâce
de son maître et de son compagnon
d'infortune. Les magistrats rendirent
à Ozmin tous les honneurs dus à la
noblesse de son rang. Aussitôt que
Daraxa apprit que son époux était
libre, elle se rendit à la prison avec un
cortége encore plus nombreux et
plus magnifique que la première
fois, attendu que les cavaliers avaient

eu le temps pour se préparer ; et tout ce qu'il y avait d'hommes de distinction dans Séville était de la cavalcade.

Don Rodrigue de Padilla s'y faisait remarquer par sa magnificence ; il voulut en être et s'empressa même de témoigner à Daraxa combien il était ravi de cet heureux événement, malgré le chagrin qu'en pouvait avoir le vieux marquis, son père, dont il n'approuvait point la conduite, et quand il vit Ozmin, il lui fit toutes sortes d'honnêtetés.

Le seigneur maure et le médecin sortirent de prison avec autant d'honneur et de joie qu'ils avaient eu de tristesse en y entrant. Le même peu-

ple qui avait demandé leur mort
quelques jours auparavant suivait la
cavalcade en remplissant l'air d'ac-
clamations, et pour marquer jusqu'à
quel point il était ravi de voir en
liberté le fameux vainqueur des taureaux.

Don Louis, gardant seul son ressentiment et sa fierté, n'alla pas
rendre visite à Ozmin, qu'il regar-
dait toujours comme un homme
qui avait déshonoré sa maison par
l'éclat qu'avait fait l'amour de sa
fille pour don Jaymé. Mais ce qui
tenait encore plus au cœur du vieillard, et ce qu'il ne pouvait pardon-
ner au faux Ambrosio, c'était d'a-
voir été dupé, lui qui se croyait

incapable d'être surpris. Il s'attendait bien qu'à la cour on ferait mille
plaisanteries sur son compte ; ce
qui fut cause qu'il feignit d'être
malade, pour ne point accompagner la belle Maure à Grenade, et
pour ne paraître à Séville qu'après
son départ.

Quant à Elvire, elle eut à essuyer
toute la mauvaise humeur de son
père, et elle ne put se consoler
d'avoir été trompée par les deux
personnes qu'elle avait le plus ai-
mées, quoique dans le fond elle dût
moins leur imputer son malheur
qu'à elle-même. Le regret qu'elle
en eut lui causa une langueur qui
termina bientôt ses tristes jours.

Les chagrins de don Louis et
ceux de sa fille n'empêchèrent pas
qu'on ne fît de grandes réjouissances
dans la maison de don Alonze, où
Ozmin et Daraxa allèrent loger
jusqu'au lendemain, qu'ils prirent
le chemin de Grenade avec le vieux
médecin, qui voulut absolument les
accompagner pour assister à leurs
noces. Elles furent d'une magnificence extraordinaire, leurs majestés catholiques les honorèrent de
leur présence. Il y eut des tournois
et des courses, où les Maures et les
chrétiens montrèrent à l'envi l'un
de l'autre leur courage et leur
adresse. Enfin, les deux époux,
pour mieux mériter que le ciel ré-

pandît ses grâces sur leur hyménée,
embrassèrent la religion chrétienne,
et devinrent la plus noble origine
d'une illustre maison qu'il y ait au-
jourd'hui en Espagne.

FIN DU QUATRIÈME ET DERNIER VOLUME.

OUVRAGES SOUS PRESSE

DU MÊME AUTEUR :

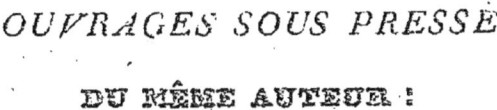

M. JACQUES POPOT,

Roman nouveau en 4 vol.

LA FAMILLE D'UNE CHORISTE,

Vaudeville en 3 actes.

www.ingramcontent.com/pod-product-compliance
Lightning Source LLC
Chambersburg PA
CBHW061502030726

47503CB00005B/1786